看繪本學韓語

全新修訂版

積木文化＝企劃編輯
李抒映＝審訂＆錄音
黃雅方＝繪

看繪本學韓語

你好！
안녕하세요！

目錄
목록

閱讀和使用本書的方法

書中韓語單字、音標及中文翻譯標記方式如下：

[中文翻譯] ────▶ 蘋果

[韓文單字] ────▶ **사과**

[韓文音標] ────▶ [sa gwa]

認識音標   可以用學習注音符號的概念來學習韓文的母音跟子音，只要牢記以下的音標發音，再配合發音表，相信就能事半功倍囉！

母音	單母音	ㅏ	[a]	近似注音：ㄚ。
		ㅓ	[eo]	近似注音：ㆤ。
		ㅗ	[o]	近似注音：ㄡ。
		ㅜ	[u]	近似注音：ㄨ。
		ㅡ	[eu]	近似注音：ㄜ。
		ㅣ	[i]	近似注音：ㄧ。
		ㅐ	[ae]	近似注音：ㄟ。
		ㅔ	[e]	近似注音：ㄝ。
		ㅚ	[oe]	近似注音：ㄨㄝ。
		ㅟ	[wi]	近似注音：ㄩ。
	複合母音	ㅑ	[ya]	[ㅣ+ㅏ]近似注音：ㄧㄚ。
		ㅕ	[yeo]	[ㅣ+ㅓ]近似注音：ㄧㆤ。
		ㅛ	[yo]	[ㅣ+ㅗ]近似注音：ㄧㄡ。
		ㅠ	[yu]	[ㅣ+ㅜ]近似注音：ㄧㄨ。
		ㅒ	[yae]	[ㅣ+ㅐ]近似注音：ㄧㄟ。
		ㅖ	[ye]	[ㅣ+ㅔ]近似注音：ㄧㄝ。
		ㅘ	[wa]	[ㅗ+ㅏ]近似注音：ㄨㄚ。
		ㅙ	[wae]	[ㅗ+ㅐ]近似注音：ㄨㄝ。
		ㅝ	[wo]	[ㅜ+ㅓ]近似注音：ㄨㆤ。
		ㅞ	[we]	[ㅜ+ㅔ]近似注音：ㄨㄝ。
		ㅢ	[ui]	[ㅡ+ㅣ]近似注音：ㄜㄧ。

初聲子音	唇音	ㅁ	[m]	近似注音：ㄇ。
		ㅂ	[b／p]	近似注音：ㄅ、ㄆ。
		ㅍ	[p]	ㅂ的激音[ㅂ+ㅎ]，近似注音：ㄆ。
		ㅃ	[bb／pp]	ㅂ的重音[ㅂ+ㅂ]，近似注音：ㄅ、。
	舌音	ㄴ	[n]	近似注音：ㄋ。
		ㄷ	[d／t]	近似注音：ㄉ、ㄊ。
		ㅌ	[t]	ㄷ的激音[ㄷ+ㅎ]，近似注音：ㄊ。
		ㄸ	[dd／tt]	ㄷ的重音[ㄷ+ㄷ]，近似注音：ㄉ、。
		ㄹ	[r]	近似注音：ㄌ。
		ㅅ	[s]	近似注音：ㄒ。
		ㅆ	[ss]	ㅅ的重音[ㅅ+ㅅ]，近似注音：ㄙ、。
		ㅈ	[j]	近似注音：ㄗ、ㄐ。
		ㅊ	[ch]	ㅈ的激音[ㅈ+ㅎ]，近似注音：ㄘ、ㄑ。
		ㅉ	[jj]	ㅈ的重音[ㅈ+ㅈ]，近似注音：ㄗ、。
	齒音	ㄱ	[g／k]	近似注音：ㄍ。
		ㅋ	[k]	近似注音：ㄎ。
		ㄲ	[gg／kk]	ㄱ的重音[ㄱ+ㄱ]，近似注音：ㄍ、。
		ㅇ	[-]	*子音ㅇ用在初聲時沒有音價（不發聲），如아 [a] 僅發母音ㅏ的音。
	喉音	ㅎ	[h]	近似注音：ㄏ。

認識尾音

除了ㄸ、ㅃ、ㅉ這三個音以外，其他14個基本子音及另外2個雙子音都可以作為尾音，但在發音上只有7種代表音。例如：尾音出現ㄱ、ㅋ、ㄲ、ㄳ、ㄹㄱ其中任何一個時，都唸做ㄱ的音，以此類推。

終聲子音（尾音）	ㄱ	[k]	ㄱ、ㅋ、ㄲ、ㄳ、ㄹㄱ
	ㄴ	[n]	ㄴ、ㄵ、ㄶ
	ㄷ	[t]	ㄷ、ㅌ、ㅅ、ㅆ、ㅈ、ㅊ、ㅎ
	ㄹ	[l]	ㄹ、ㄽ、ㄹㅌ、ㄼ
	ㅁ	[m]	ㅁ、ㄹㅁ
	ㅂ	[p]	ㅂ、ㅍ、ㄹㅂ、ㄹㅍ、ㅄ
	ㅇ	[ng]	*子音ㅇ用在終聲時才會有音價（須發聲），如앙 [ang] 的發音為母音ㅏ+有聲終聲ㅇ的音。

韓文結構

韓文字基本結構 初聲（子音）＋中聲（母音）＋終聲（子音）

橫式	子音＋母音		
	子音	母音	ㅇ+ㅏ=아：ㅇ+ㅣ=이 → 아이 [a i] 孩子 ㄱ+ㅏ=가：ㄷ+ㅏ=다 → 가다 [ga da] 去
	子音＋母音＋子音		
	子音	母音	子音
			ㅌ+ㅏ+ㅂ=탑 [tap] 塔 ㅂ+ㅏ+ㄲ=밖 [bak] 外

直式	子音＋母音	
	子音 母音	ㅍ+ㅗ=포：ㄷ+ㅗ=도 → 포도 [po do] 葡萄 ㅇ+ㅜ=우：ㅇ+ㅠ=유 → 우유 [u yu] 牛奶
	子音＋母音＋子音	
	子音 母音 子音	ㄱ+ㅗ+ㅇ=공 [gong] 球 ㄲ+ㅗ+ㄱ=꼭 [kkok] 一定

發音對照表　韓文是由子音、母音、尾音組合而成的表音文字。雖然看起來既多又複雜，但只要用以下表格把發音原則記起來，以後不管看到什麼韓文字都能夠馬上知道它的念法哦！

中聲母音 初聲子音	ㅏ [a]	ㅑ [ya]	ㅓ [eo]	ㅕ [yeo]	ㅗ [o]	ㅛ [yo]	ㅜ [u]	ㅠ [yu]	ㅡ [eu]	ㅣ [i]
ㄱ [g]	가 [ga]	갸 [gya]	거 [geo]	겨 [gyeo]	고 [go]	교 [gyo]	구 [gu]	규 [gyu]	그 [geu]	기 [gi]
ㄴ [n]	나 [na]	냐 [nya]	너 [neo]	녀 [nyeo]	노 [no]	뇨 [nyo]	누 [nu]	뉴 [nyu]	느 [neu]	니 [ni]
ㄷ [d]	다 [da]	댜 [dya]	더 [deo]	뎌 [dyeo]	도 [do]	됴 [dyo]	두 [du]	듀 [dyu]	드 [deu]	디 [di]
ㄹ [r]	라 [ra]	랴 [rya]	러 [reo]	려 [ryeo]	로 [ro]	료 [ryo]	루 [ru]	류 [ryu]	르 [reu]	리 [ri]
ㅁ [m]	마 [ma]	먀 [mya]	머 [meo]	며 [myeo]	모 [mo]	묘 [myo]	무 [mu]	뮤 [myu]	므 [meu]	미 [mi]

ㅂ [b]	바 [ba]	뱌 [bya]	버 [beo]	벼 [byeo]	보 [bo]	뵤 [byo]	부 [bu]	뷰 [byu]	브 [beu]	비 [bi]
ㅅ [s]	사 [sa]	샤 [sya]	서 [seo]	셔 [syeo]	소 [so]	쇼 [syo]	수 [su]	슈 [syu]	스 [seu]	시 [si]
*ㅇ [-]	아 [a]	야 [ya]	어 [eo]	여 [yeo]	오 [o]	요 [yo]	우 [u]	유 [yu]	으 [eu]	이 [i]
ㅈ [j]	자 [ja]	쟈 [jya]	저 [jeo]	져 [jyeo]	조 [jo]	죠 [jyo]	주 [ju]	쥬 [jyu]	즈 [jeu]	지 [ji]
ㅊ [ch]	차 [cha]	챠 [chya]	처 [cheo]	쳐 [chyeo]	초 [cho]	쵸 [chyo]	추 [chu]	츄 [chyu]	츠 [cheu]	치 [chi]
ㅋ [k]	카 [ka]	캬 [kya]	커 [keo]	켜 [kyeo]	코 [ko]	쿄 [kyo]	쿠 [ku]	큐 [kyu]	크 [keu]	키 [ki]
ㅌ [t]	타 [ta]	탸 [tya]	터 [teo]	텨 [tyeo]	토 [to]	툐 [tyo]	투 [tu]	튜 [tyu]	트 [teu]	티 [ti]
ㅍ [p]	파 [pa]	퍄 [pya]	퍼 [peo]	펴 [pyeo]	포 [po]	표 [pyo]	푸 [pu]	퓨 [pyu]	프 [peu]	피 [pi]
ㅎ [h]	하 [ha]	햐 [hya]	허 [heo]	혀 [hyeo]	호 [ho]	효 [hyo]	후 [hu]	휴 [hyu]	흐 [heu]	히 [hi]
ㄲ [kk]	까 [kka]	꺄 [kkya]	꺼 [kkeo]	껴 [kkyeo]	꼬 [kko]	꾜 [kkyo]	꾸 [kku]	뀨 [kkyu]	끄 [kkeu]	끼 [kki]
ㄸ [tt]	따 [tta]	땨 [ttya]	떠 [tteo]	뗘 [ttyeo]	또 [tto]	뚀 [ttyo]	뚜 [ttu]	뜌 [ttyu]	뜨 [tteu]	띠 [tti]
ㅃ [pp]	빠 [ppa]	뺘 [ppya]	뻐 [ppeo]	뼈 [ppyeo]	뽀 [ppo]	뾰 [ppyo]	뿌 [ppu]	쀼 [ppyu]	쁘 [ppeu]	삐 [ppi]
ㅆ [ss]	싸 [ssa]	쌰 [ssya]	써 [sseo]	쎠 [ssyeo]	쏘 [sso]	쑈 [ssyo]	쑤 [ssu]	쓔 [ssyu]	쓰 [sseu]	씨 [ssi]
ㅉ [jj]	짜 [jja]	쨔 [jjya]	쩌 [jjeo]	쪄 [jjyeo]	쪼 [jjo]	쬬 [jjyo]	쭈 [jju]	쮸 [jjyu]	쯔 [jjeu]	찌 [jji]

發音規則	學會了韓文音節結構及字母的發音後，現在看到韓文字是不是親切多了呢？但實際上要唸出一個單字時，有時會因為「音韻變化」規則而影響到它的發音。在學習各種音變規則之前，以下的音韻學知識是不可或缺的哦！

[音節] ⟶ 單字裡每一個字的發音。如：蘋果「사과」[sa gwa] 是由兩個字（兩個音節）組成的單字，第一個字「사」的發音 [sa] 稱為第一音節的音，第二個字「과」的發音 [gwa] 稱為第二音節的音。也就是「사」為「과」的前音節，「과」為「사」的後音節。

[有尾音] ⟶ 有終聲子音的字。

[以母音為開頭的字] ⟶ 例如아、어、오、우……或악、언、옹……，這些字沒有初聲子音，而是以中聲母音或以中聲母音+終聲子音組成。

- -

1. 連音化（연음화）

「前音節有尾音」+「後音節以母音為開頭」 （例如：助詞이、을、은、으로、에……、語尾은、았、었、으면、아서、어서……，則尾音會移到後音節初聲來發音。

例　寫法 **입에** [ip e] ⟶ 念法 [i-be]（同이베）

例　寫法 **돌아서** [dol a seo] ⟶ 念法 [do-ra seo]（同도라서）

◎發現了嗎？上面兩個尾音ㅂ及ㄹ都成為後音節初聲了！不過寫法上還是要寫原來的樣子哦！！

- -

2. 硬音化（경음화／된소리되기）

「前音節尾音ㄱ、ㄷ、ㅂ、ㅅ、ㅈ」+「後音節初聲ㄱ、ㄷ、ㅂ、ㅅ、ㅈ」→後音節初聲念成硬音 [ㄲ、ㄸ、ㅃ、ㅆ、ㅉ]

例　寫法 **국가** [guk ga] ⟶ 念法 [guk-kka]（同국까）

例　寫法 **욕심** [yok sim] ⟶ 念法 [yok-ssim]（同욕씸）

例　寫法 **했다** [haet da] ⟶ 念法 [haet-tta]（同핻따）

◎凡是尾音／初聲的代表音為ㄱ、ㅂ、ㄷ、ㅅ、ㅈ的子音（參考前面「認識音標」表中的終聲子音）都套用這項規則。

「漢字語前音節尾音ㄹ」+「後音節初聲ㄱ、ㄷ、ㅂ、ㅅ、ㅈ」→後音節初聲念成硬音 [ㄲ、ㄸ、ㅃ、ㅆ、ㅉ]

例　寫法 **발전** [bal jeon] ⟶ 念法 [bal-jjeon]（同발쩐）

3. 激音化（격음화）

「前音節尾音ㅎ」+「後音節初聲ㄱ、ㅂ、ㄷ、ㅈ」→ 後音節初聲念成激音 [ㅋ、ㅍ、ㅌ、ㅊ]

例　寫法 **그렇게** [geu reot ge]　⟶　念法 [geu reo-ke]（同그러케）

「前音節尾音ㄱ、ㅂ、ㄷ、ㅈ」+「後音節初聲ㅎ」→ 後音節初聲念成激音 [ㅋ、ㅍ、ㅌ、ㅊ]

例　寫法 **잡히네** [jap hi ne]　⟶　念法 [ja-pi ne]（同자피네）

----

4. 'ㅎ'音脫落

「前音節尾音ㅎ、ㄶ、ㅀ」+「母音開頭的字」→ ㅎ不發音；雙子音ㄶ、ㅀ的ㅎ不發音，而ㄴ、ㄹ會移到後音節初聲來發音

例　寫法 **좋아** [jot a]　⟶　念法 [jo-a]（同조아）
例　寫法 **옳아** [ol a]　⟶　念法 [o-ra]（同오라）

----

5. 鼻音化（비음화）

「前音節尾音ㄱ、ㄷ、ㅂ」+「後音節初聲ㄴ、ㅁ、ㅇ」，變化規則為[ㄱ]→[ㅇ]、[ㄷ]→[ㄴ]、[ㅂ]→[ㅁ]

ㄱ、ㅋ、ㄲ 代表音 [ㄱ]	ㄷ、ㅌ、ㅅ、ㅆ、ㅈ、ㅊ 代表音 [ㄷ]	ㅂ、ㅍ 代表音 [ㅂ]

例　寫法 **습니다** [seup ni da]　⟶　念法 [seum-ni da]（同슴니다）
例　寫法 **입니다** [ip ni da]　⟶　念法 [im-ni da]（同임니다）
例　寫法 **잡는** [jap neon]　⟶　念法 [jam-neun]（同잠는）

----

6. 口蓋音化（구개음화）

尾音ㄷ／ㅌ + 이 → 尾音ㄷ及ㅌ會改念成ㅈ及ㅊ並成為後音節初聲

例　寫法 **같이** [gat i]　⟶　念法 [ga-chi]（同가치）
例　寫法 **굳이** [gut i]　⟶　念法 [gu-ji]（同구지）

基本文法　　大致認識與了解韓文的規則與變化，將有助於初學者更快進入狀況！

1. 人稱代名詞

主詞		我	你	他／她	其他特定對象
對上		自謙語	恭敬語		
	單數	저 [jeo]	당신 [dang sin]（口語上不常用，反而吵架時會常聽到，帶有諷刺意味）	그분 [geu bun] 당신 [dang sin]（口語上不常用，主要用於文學作品或歌詞）	職稱／身分＋님 [nim] 名字／姓氏＋선생님 [seon saeng nim]
	複數	저희（들）[jeo hui (deul)]	*당신들 [dang sin deul]（口語上不常用，反而吵架時會常聽到，帶有諷刺意味）	그분들 [geu bun deul]	職稱／身分＋님들 [nim deul] *用於稱呼人士時用선생님들 [seon saeng nim deul]；여러분 [yeo reo bun] 指「大家／各位」。

主詞		我	你	他／她
對等／對下	單數	나 [na]	너 [neo] 그대 [geu dae]（口語上不常用，主要用於文學作品或歌詞） 姓氏＋씨 [ssi]	그／그녀 [geu/geu nyeo]
	複數	우리（들）[u ri (deul)]	너희（들）[neo hui (deul)] 그대들 [geu dae deul]（口語上並不常用，主要用於文學作品或歌詞）	그들／그녀들 [geu deul/geu nyeo deul]

나、저、너＋主格助詞「가」→ 내가、제가、「네가」

例句　A：누가 했어요？
　　　　[nu ga hae-sseo yo]
　　　　是誰做的？

　　　　B：내가／제가 했어요.
　　　　[nae ga / je ga hae-sseo yo]
　　　　是我做的。

나、저、너＋所有格助詞「의」→ 내、제、네

句型　A：내 책／（自謙語）제 책
　　　　[nae chaek/je chaek]
　　　　我的書。

　　　　B：네 책
　　　　[ne chaek]
　　　　你的書。

　　　　C：그의 책／그녀의 책
　　　　[geu e chaek/
geu nyeo e chaek]
　　　　他／她的書。

2. 語尾變化

動詞及形容詞的原型是～다，以語幹與語尾的結構來形成。但在句型當中，不會直接用原型。～다語尾部分會變化來表示時態、恭敬語氣等文法要素。

※ 一般尊敬語尾

動詞及形容詞的原型是～다，但於句型當中，在 다 的位置會運用各種語尾變化來加以表達尊敬、時態、敘述或疑問等語氣。以語幹尾字的母音屬陽性或陰性來判斷要加哪種語尾。

動詞／形容詞 語幹尾字母音	語尾	例句
陽性母音 ㅏ、ㅗ、ㅑ、ㅛ	아요	去／가다：가 + 아요 → 가요 來／오다：오 + 아요 → 오아요→ **와요**
陰性或中性母音 ㅓ、ㅕ、ㅜ、ㅠ、ㅡ、ㅣ、 ㅐ、ㅔ、ㅚ、ㅒ、ㅖ、 ㅘ、ㅙ、ㅝ、ㅞ、ㅢ	어요	吃／먹다：먹 + 어요 → **먹어요** 學習／배우다：배우 + 어요 → 배우어요 → **배워요** 喝／마시다：마시 + 어요 → 마시어요 → **마셔요**
名詞+하다	여요	愛／사랑하다：사랑하 + 여요 → 사랑하여요 → **사랑해요** 運動／운동하다：운동하 + 여요 → 운동하여요 → **운동해요**

◎若動詞或形容詞沒有尾音的話，就會跟語尾的母音結合。

※ 最尊敬語尾

句型 動詞／形容詞 (無尾音) + ㅂ니까?／ㅂ니다.
動詞／形容詞 (有尾音) + 습니까?／습니다.

句型
A：사과를 좋아합니까?
[sa gwa reul jo-a ham-ni kka]
你喜歡蘋果嗎？

B：네, 사과를 좋아합니다.
[ne sa gwa reul jo-a ham-ni da]
是，我喜歡蘋果。

A：사과를 먹습니까?
[sa gwa reul meok seum-ni kka]
你在吃蘋果嗎？

B：네, 사과를 먹습니다.
[ne sa gwa reul meok seum-ni da]
是，我在吃蘋果。

3. 時態

※ 現在式（同P13「一般尊敬語尾」）

※ 過去式：語幹尾字母音 았／었／였＋어요

動詞／形容詞 語幹尾字母音	語尾	例句
陽性母音 ㅏ、ㅗ、ㅑ、ㅛ	았어요	가다 [ga da] 去：가 + 았 + 어요 → **갔어요** [ga-sseo yo] 오다 [o da] 來：오 + 았 + 어요 → 오았어요→ **왔어요** [wa-sseo yo]
陰性或中性母音 ㅓ、ㅕ、ㅜ、ㅠ、ㅡ、 ㅣ、ㅐ、ㅔ、ㅚ、ㅟ、 ㅒ、ㅖ、ㅘ、ㅙ、ㅝ、 ㅞ、ㅢ	었어요	먹다 [meok-tta] 吃：먹 + 었 + 어요 → **먹었어요** [meo-geo-sseo-yo] 배우다 [bae u da] 學習：배우 + 었 + 어요 → 배우었어요 → **배웠어요** [bae wo-sseo yo] 마시다 [ma si da] 喝：마시 + 었 + 어요 → 마시었어요 → **마셨어요** [ma syeo-sseo yo]
名詞 + 하다	였어요	사랑하다 [sa rang ha da] 愛：사랑하 + 였 + 어요 → 사랑하였어요 → **사랑했어요** [sa rang hae-sseo yo] 운동하다 [un dong ha da] 運動：운동하 + 였 + 어요 → 운동하였어요 → **운동했어요** [un dong hae-sseo yo]

※ 未來式

> **句型** 動詞／形容詞 (無尾音) + ㄹ 거예요
> 動詞／形容詞 (有尾音) + 을 거예요

> **句型** A： **내일 뭐 할 거예요?**（하 + ㄹ 거예요：疑問句，非格式體，未來打算）
> [nae il mwo hal geo ye yo]
> 明天要做什麼？

> B： **집에 있을 거예요.**（있 + 을 거예요：陳述句，非格式體，未來打算）
> [ji-be i-sseul geo ye yo]
> 待在家裡。

> **句型** 動詞／形容詞 +겠 +습니다
> 動詞／形容詞 +겠 +어요

> **句型** A： **다음주 한국에 가겠습니다.**（가 + 겠 + 습니다：陳述句，格式體，未來意志）
> [da eum ju han gu-ke ga get seum-ni da]
> 下禮拜將要去韓國。

> B： **다음주 한국에 가겠어요.**（가 + 겠 + 어요：陳述句，非格式體，未來意志）
> [da eum ju han gu-ke ga ke-sseo yo]
> 下週要去韓國。

※ 表達語句

是～

句型 名詞（無尾音）＋예요
名詞（有尾音）＋이에요

例句 **여자**예요.
[yeo ja ye yo]
是女生。

대만사람이에요.
[dae man sa ra-mi e yo]
是台灣人。

不是～

句型 名詞（無尾音）＋가 아니에요
名詞（有尾音）＋이 아니에요

例句 **남자**가 아니에요.
[nam ja ga ni e yo]
不是男生。

한국사람이 아니에요.
[han guk ssa ra-mi a ni e yo]
不是韓國人。

有～

句型 名詞（無尾音）＋가 있어요
名詞（有尾音）＋이 있어요

例句 **남자친구**가 있어요.
[nam ja chin gu ga i-sseo yo]
有男朋友。

책이 있어요.
[chae-ki i-sseo yo]
有書。

沒有～

句型 名詞（無尾音）＋가 없어요
名詞（有尾音）＋이 없어요

例句 **지도**가 없어요.
[ji do ga eop-sseo yo]
沒有地圖。

돈이 없어요.
[do-ni eop-sseo yo]
沒有錢。

做～

句型 名詞（無尾音）＋를 及物動詞（如：먹다、쓰다、좋아하다、운동하다……）
名詞（有尾音）＋을 及物動詞（如：먹다、쓰다、좋아하다、운동하다……）

例句 **사과**를 좋아해요.
[sa gwa reul jo-a hae yo]
喜歡蘋果。

밥을 먹어요.
[ba-beul meo-geo yo]
吃飯。

疑問句

問人物：누구 [nu gu] 誰

問事物：무엇／뭐 [mu eot／mwo] 什麼

問數量：얼마 [eol ma] 多少

　　　　몇（개）[myeot (gae)] 幾（個）

問場所：어디 [eo di] 哪裡

問時間：언제 [eon je] 什麼時候

問原因：왜 [wae] 為什麼

例句 **누구**랑 같이 점심 먹었어요?
[nu gu rang ga-chi jeom sim meo-kot-sseo yo]
跟誰一起去吃了午餐?

뭐 먹었어요?
[mwo meo-keo-sseo yo]
吃了什麼?

어디에서 먹었어요?
[eo di e seo meo-keo-sseo yo]
在哪裡吃的?

언제 먹었어요?
[eon je meo-keo-sseo yo]
什麼時候吃的?

15

서울
[seoul]

首爾

江北
강북
[gang buk]

梨花女子大學
이화여자대학교
[i hwa yeo ja dae hak-kkyo]
簡稱為梨大（이대 [i dae]），是一所基督教學校，校內有許多歐式風格的古老建築，在逛街看遍了五顏六色的流行飾品之餘，不妨走進校園內欣賞美麗的建築，讓身心得以放鬆休憩後，再開始下一場血拼！

弘益大學
홍익대학교
[hong ik-ttae hak-kkyo]
簡稱為弘大（홍대 [hong dae]），以藝術設計相關學系聞名。這裡也是新潮藝術家及設計師的聚集之地。每年3月到11月的週六都會在弘大門口前舉辦自由市集（프리마켓 [peu ri ma ket]），許多藝術創作者會在這裡販售各式獨具風格的作品。

德壽宮
덕수궁
[deok-ssu gung]
韓國傳統宮殿中唯一有近代式建築、西洋式庭園及噴水池的宮殿。在德壽宮的大漢門前，每個開放日的11點、14點、15點30分都有守門將換崗儀式表演。

北村韓屋村
북촌한옥마을
[buk chon ha-nok ma eul]
鄰近景福宮與三清洞，共有朝鮮時代貴族房屋900多棟，北村八景（북촌팔경 [buk chon pal gyeong]）值得一遊。

三清洞
삼청동
[sam cheong dong]
鄰近景福宮和北村，為融合傳統韓屋與現代建築的街道，博物館、美術館、設計商品店、咖啡店林立。

景福宮
경복궁
[gyeong bok-kkung]
景福宮已有600年歷史，也是規模最大的傳統宮殿。每天10點和14點，會有守門將換崗儀式表演。

仁寺洞
인사동
[in sa dong]
體驗傳統茶屋、購買韓式手工藝品的好去處，像是森吉街（쌈지길 [ssamjigil]）是複合文化展售空間，外國遊客也可在曹溪寺（조계사 [jo gye sa]）體驗的寺廟寄宿。

明洞
명동
[myeong dong]
韓國最具代表性的購物商圈，因此附近有許多民間換錢所，可持美金或台幣換到比銀行更優惠的匯率。

東大門市場
동대문시장
[dong dae mun si jang]
東大門市場是亞洲規模最大的服飾批發市場，也是韓流服飾設計集散地，大致可分為東大門運動場周邊的批發區，以及以Doosan Tower等商場構成的零售區。

南大門市場
남대문시장
[nam dae mun si jang]
韓國最大的綜合傳統市場，生活用品、服飾、鞋包等應有盡有。

N首爾塔
N서울타워
[N seo ul ta wo]
位於首爾南山的知名夜景景點，是許多韓劇拍攝地與戀人們約會的好去處，可搭南山纜車或公車前往。

梨泰院
이태원
[i tae won]
過去駐韓美軍居住的地區，街道充滿異國風情，可品嘗到世界各國料理。

江南
강남
[gang nam]

新沙洞林蔭道
신사동 가로수길
[sin sa dong ga ro su gil]
整條林蔭大道種植了美麗的銀杏樹，並且充斥許多特色咖啡廳、流行服飾店、美妝店，多以中高價位品牌為主。

盤浦漢江公園
반포한강공원
[ban po han gang gong won]
盤浦大橋月光彩虹噴泉（반포대교 달빛무지개분수 [ban po dae gyo dal bit mu ji gae bun su]）設置在盤浦大橋，利用燈光照明和噴嘴形成美麗的噴泉景觀，每年4月至10月每天定時展出。

狎鷗亭
압구정
[ap-kku jeong]
狎鷗亭羅德奧街（압구정로데오거리 [ap-kku jeong ro de o geo ri]）與清潭洞時尚街（청담동패션거리 [cheong dam dong pae syeon geo ri]），是韓國經紀公司、整形診所、名牌精品店林立的街道，也是許多粉絲們朝聖的景點！

漢江
한강
[han gang]

樂天世界
롯데월드
[rot-tte wol-deu]
包含室內主題公園與戶外遊樂設施，石村湖水公園（석촌호수공원[seok chon ho su gong won]）為熱門賞櫻景點。

首爾站
서울역
[seo u-ryeok]
首爾的地鐵共分為十九條線，每個車站都有編號，像是龍室站的編號是216，代表它是2號線的第16個車站，對不懂韓文的外國觀光客來說是一項相當便利的辨認方法。

仁川國際機場
인천국제공항
[in cheon guk-jje gong hang]
韓國主要的國際機場，也是世界排名前三的機場。

金浦機場
김포공항
[gim po gong hang]
位於首爾市區內的機場，已開通金浦與台北松山機場對飛的班次，台北飛韓國更便利！

COEX MALL
코엑스몰
[koek-sseu mol]
匯集了百貨公司、免稅店、餐廳、電影院、博物館、水族館等，特別是商場裡的星空圖書館（별마당도서관 [byeol ma dang do seo gwan]）十分值得一遊。

樂天世界塔
롯데월드타워
[rot-tte wol-deu ta wo]
2017年落成的韓國新地標，共有123層樓，為韓國第一高樓、世界第五高樓，並擁有世界最高的透明觀景台。

17

한류
[hal ryu]

韓流

連續劇
드라마
[deu ra ma]

愛的迫降
사랑의 불시착
[sa rang e bul si chak]
2019年至2020年上映後
爆紅的連續劇，講述一段
跨越南北韓的愛情故事。

大長今
대장금
[dae jang geum]
不僅在亞洲有著亮眼的收視成績，
甚至在歐美也造成了一股「長今旋
風」。讓世界關注到韓國的宮廷料理
及傳統文化，可說是韓流最佳代表！

冬季戀歌
겨울연가
[gyeo ul-ryeon ga]
這部韓劇在日本引起了轟動，男主角
裴勇俊還被冠上「勇樣（大人）」稱
號，也讓拍攝地點成為觀光人氣景
點！

孤單又燦爛的神－鬼怪
도깨비
[do kkae bi]
2016年播出的韓劇，橫掃韓國各大獎項
排名，原聲帶也大受歡迎，更造成了一
股「孔劉」旋風。

來自星星的你
별에서 온 그대
[byeo-re seo on geu dae]
外星男子和地球女子的戀愛故事，並讓
「炸雞配啤酒（치맥 [chi maek]）」紅
遍海外，許多國家紛紛引進韓式炸雞
店，造成一股韓式風潮。

太陽的後裔
태양의 후예
[thae yang e hu ye]
2016年爆紅的韓劇，男女
主角為宋仲基與宋慧喬。

梨泰院Class
이태원 클라쓰
[i tae won keul ra sseu]
原著為漫畫，2020改編成連續劇，
是一段代父復仇的故事。

韓流旋風席捲全世界，韓國戲劇打動人心的劇
情與場景、偶像光鮮亮麗的外表，以及輕易就
能琅琅上口的音樂旋律，都是推動韓流的重
大助力。韓流的威力更深入生活當中，韓劇以
精緻的劇本、拍攝、演技與內容，帶動各國進
一步了解韓國文化、韓國料理與來韓旅遊的風

潮；韓國偶像以訓練有素的深厚實力，獲得全
世界K-POP歌迷的喜愛；韓國電影更在政府大
力支持下，題材多元且質量並重，交出了漂亮
的成績單。
許多因為「韓流」而開始想學習韓語的朋友
們，看到這一篇的單字是不是感到很親切呢？

電影
영화
[yeong hwa]

屍速列車
부산행
[bu san haeng]

2016年由延尚昊導演，孔劉、鄭有美、馬東石主演的喪屍題材電影，創下當年度票房唯一破千萬人次的紀錄，在全球亦好評不斷。

寄生上流
기생충
[gi saeng chung]

2019年由奉俊昊導演，宋康昊、李善均、曹如晶、崔宇植、朴素淡主演的黑色喜劇電影。本片獲得許多國際提名，並成為坎城影展第一部獲得金棕櫚獎的韓國電影，是韓國首部拿下金球獎的電影，也是史上首部得到奧斯卡最佳影片、最佳原創劇本的亞洲與非英語電影。

82年生的金智英
82년생 김지영
[82 nyeon saeng gim ji yeong]

改編自著名作家趙南柱在2016年的同名小說，小說主角「金智英」即為韓國社會最普遍的女性縮影。小說發行突破100萬本，2019年由鄭裕美、孔劉主演電影。

我只是個計程車司機
택시운전사
[taek ssi un jeon sa]

2017年由宋康昊、湯瑪斯柯瑞奇曼、柳海真、柳俊烈主演，取材自光州民主化運動的故事，票房達到1200萬人次，且由於此電影大獲成功，影片主角司機原型的真實身份也終於被世人所知。

演員
배우
[bae u]

宋仲基
송중기
[song-jung-gi]

孔劉
공유
[gong-yu]

金秀賢
김수현
[gim su hyeon]

宋慧喬
송혜교
[song hye gyo]

全智賢
전지현
[jeon ji hyeon]

金泰希
김태희
[gim tae hui]

偶像明星
아이돌 스타
[a i dol seu ta]

防彈少年團
방탄소년단
[bang tan so nyeon dan]

TWICE
트와이스
[teu wa i seu]

EXO
엑소
[ek so]

BIGBANG
빅뱅
[bik-ppaeng]

Super Junior
슈퍼주니어
[syu peo ju ni eo]
簡稱為슈주 [syu ju]。

少女時代
소녀시대
[so nyeo si dae]
簡稱為소시 [so si]。

김치
[gim chi]

泡菜

泡菜冰箱
김치냉장고
[gim chi naeng jang go]

泡菜最佳的保存溫度是1~5℃，泡菜冰箱可以提供適當的保存溫度（보존온도 [bo jon on do]），又能管理儲存的時間，對愛吃泡菜的韓國人來說，是不可或缺的家電產品！

醃泡菜
김치를 담그다
[gim chi leul dam geu da]

韓國人會在立冬（11月中、下旬左右）開始醃製過冬泡菜（김장 [gim jang]）。

切泡菜
김치를 썰다
[gim chi reul sseol da]

切泡菜時擔心雙手沾上辣椒粉嗎？韓國商人就為此發明了一種切泡菜的便利工具，只要將整顆泡菜放入容器中，就能將泡菜切得漂亮又不沾手。由泡菜衍生出的各種商品都更證明了泡菜對韓國人的重要性！

對韓國人來說，泡菜是生活中絕對不可缺少的食物！泡菜的種類有近兩百種，不僅美味又下飯，對於美容及健康更是多有助益。而泡菜不但能夠當做小菜，也能加進其他料理當中增添風味，像是泡菜鍋、泡菜炒飯、泡菜煎餅、泡菜披薩、泡菜漢堡……烤肉時在生菜上放一點泡菜，再加上肉一起捲起來送進口中，更是一大享受！熱愛泡菜的韓國人，幾乎家家都會有

一台「泡菜冰箱」，從前的人會將泡菜埋在地底下進行發酵，但現代人住在高樓大廈怎麼辦呢？於是便出現了專門儲存泡菜的冰箱，可以設定特定的溫度及不同的發酵時間，短至一星期、長至三年。而且泡菜並不都是同一個味道哦！隨著地區性、使用的材料、製作時間、醃漬時間的不同，都會讓泡菜呈現不一樣的風味。

小蘿蔔泡菜
총각김치
[chong gak-kkim chi]

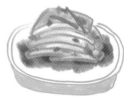

白菜泡菜
배추김치
[bae chu gim chi]

是最常見的泡菜，超市裡可以買到一包包已經切好的泡菜，也會販賣使用一整顆或半顆白菜製成的통배추김치 [tong bae chu gim chi] 或是포기김치 [po gi gim chi]。

蔥泡菜
파김치
[pa gim chi]

有句俗語叫做：「파김치가 되다」[pa gim chi ga dwi da]，是形容一個人累趴了的樣子就像蔥泡菜一樣，是不是很生動呢！

蘿蔔（切丁）泡菜
깍두기
[kkak-ttu gi]

黃瓜泡菜
오이김치
[o i gim chi]

海鮮泡菜
해물김치
[hae mul gim chi]

將章魚、花枝等海鮮與白菜、蔥等蔬菜一同醃漬後製成的泡菜。

芝麻葉泡菜
깻잎김치
[kkaen-nip-kkim chi]

水泡菜
물김치
[mul gim chi]

水泡菜跟一般有著滿滿辣粉、紅通通的韓國泡菜不同，是用水梨、蘋果、白菜、汽水等材料，稍微處理、攪拌後便可完成的清爽泡菜！用來浸泡的湯汁可以直接飲用，也可以用來作為冷麵（냉면 [naeng myeong]）的湯頭，爽口酸甜的口感，很適合在夏天食用。

蝦醬
새우젓
[sae u jeot]

配菜
반찬
[ban chan]

醃漬
절이다
[jeo-ri da]

21

민족의식
[min jok ui sik]

民族意識

每當有國際賽事舉辦時，總是會看見韓國人民全國動員，聲嘶力竭地為國家隊加油。被稱為「紅魔鬼」的韓國民眾，就十足展現了韓國團結而強勢的民族意識。

運動
운동 / 스포츠
[un dong / seu po cheu]

跆拳道
태권도
[tae-kkwon do]
韓國的國技運動。「跆」指踢擊，「拳」指拳擊。

棒球
야구
[ya gu]

足球
축구
[chuk-kku]

花式滑冰
피겨스케이팅
[pi gyeo seu ke i ting]

比賽
경기
[gyeong gi]

選手
선수
[seon su]

裁判
심판
[sim pan]

國家代表隊
국가대표팀
[guk-kka dae pyo tim]

世界盃
월드컵
[wol deu keop]

啦啦隊
응원단
[eung won dan]

自尊心
자존심
[ja jon sim]

犯規
반칙
[ban chik]

紅魔鬼
붉은 악마
[bul-geun ang-ma]
泛指支持韓國國家足球代表隊的民眾。穿著紅衣、頭上戴著魔鬼角髮箍，團結地為韓國加油。

大韓民國
대한민국
[dae han min guk]

身土不二
신토불이
[sin to bu-ri]

這是由韓國農業協會所提出的口號，意思是
「唯有自己國家土地所生產出來的東西，才最
適合國人食用。」也就是提倡愛用國貨的意
思。在韓國看到這四個字的機率很高，不管是
餐廳、超市或是水果攤，讓人深切體會到韓國
上下貫徹的愛國心。

無窮花
무궁화
[mu gung hwa]

韓國的國花。學名木槿，因每日不斷的
開新的花朵，象徵著求新且刻苦耐勞。

愛國歌
애국가
[ae guk-kka]

韓國國歌名。

太極旗
태극기
[tae geuk-kki]

韓國國旗名。白底代表國土，中間太極
的圓代表人民；太極的兩儀為上紅下
藍，分別代表「陽」和「陰」。

예의

[ya i]

禮儀

韓國人相當重視禮節，通常在第一次見面時就會問對方的年紀，因為這樣才知道彼此的輩分關係。在韓語中，對長輩、平輩、晚輩所用的語句都不同，行為上也必須謹守分際。在韓國人的日常生活中，有很多不可不知的禮節要遵守，一起來看看吧！

年紀
나이
[na i]

晚輩（後輩）
후배
[hu bae]
稱呼年紀較小或經歷比自己少的人時，通常會稱呼男生為○○「君」（군 [gun]），女生為○○「孃」（양 [yang]）。而最常見的是在名字後面加上「氏」（씨 [ssi]），是較為正式的用法，不限於男女，○○ 씨 =○○先生/小姐。

前輩
선배／선배님
[seon bae / seon bae nim]

長幼有序
장유유서
[jang yu yu seo]

年輕人
젊은이
[jeol-meu-ni]

年長者
어른
[eo reun]

老人
노인
[no in]

博愛座
노약자(지정)석
[no yak-jja (ji jeong) seok]
韓國人相當重視敬老尊賢，因此若年輕人在地鐵上看到博愛座，請不要直接坐下去，而是禮讓給更需要的長輩哦！

人際關係
인간관계
[in gan kwan gye]

酒席
술자리
[sul-jja ri]

朋友
친구
[chin gu]

飲酒禮節
음주 예절
[eum ju ye jeol]

有句關於飲酒量的口訣：一不（일
불）、三少（삼소）、五宜（오의）、七
過（칠과）。意思是：一杯不夠、三杯
還算少、五杯剛好、七杯就喝過頭了。
跟長輩喝酒要用右手拿起酒杯，一邊側
過身子、一邊遮住杯子；若有長輩在的
話要先幫長輩倒酒，若是同輩朋友的話
則可互相倒酒，不能自己倒酒自己喝！

用餐禮節
식사예절
[sik-ssa ye jeol]

韓國人用餐時最基本的禮節就是飯碗跟
湯碗必須放在桌上，以飯碗—湯碗—湯
匙—筷子的次序往右擺設；吃飯不可端起
飯碗來食用；離門口最遠的內側位子是
上位，要讓長輩先入座；必須要在長輩
拿起筷子之後，晚輩才能開始用餐；用
餐結束後要等長輩先站起來，晚輩才能
跟著動作等等。其他像是吃飯不發出聲
音、咳嗽打噴嚏要遮掩口鼻等一般餐桌
禮儀也不能疏忽哦！

請客
한턱내다
[han teok nae da]

勸酒
술잔 권하기
[sul-jjan gwon ha gi]

傳統上，韓國人認為拒
絕長輩的勸酒是不禮貌
的行為。

감정 표현
[gam jeong pyo hyeong]

情緒表達

透過韓劇或是韓國綜藝節目，經常可以聽到一些表達情緒的有趣句子。
以下列出一些日常生活常出現的短句，相信在跟韓國人對話時用上這些
句子會讓氣氛變得更活絡！

真漂亮！
참 예쁘네요!
[cham ye ppeu ne yo]

好難／簡單呀！
너무 어려워요／쉬워요!
[neo mu eo ryeo wo yo / swi wo yo]

瘋了！
미쳤어!
[mi chyeo-sseo]

媽呀～
어머나~
[eo meo na]

天呀～
세상에~
[se sang e]

唉呀！
아이고!
[a i go]

有這種事？！
이럴 수가?!
[i reol su ga]

無言…
어이 없어…
[eo i eop-sseo]

不像話～
말도 안돼~
[mal do an dwae]

這樣不對吧！
이건 아니잖아!
[i geon a ni ja-na]

別開玩笑了。
장난치지 마세요.
[jang nan chi ji ma se yo]

這樣太過分了吧！
이건 너무 하잖아!
[i geon neo mu ha ja-na]

隨便你要怎樣！
너(니) 마음대로 해!
[neo (ni) ma eum dae ro hae]

救命呀！
살려주세요!
[sal ryeo ju se yo]

嚇一跳！
놀라다／깜짝이야!
[nol ra da / kkam jja-gi ya]

還不錯。
괜찮다.
[gwaen chan-ta]

不怎麼樣。
별로(이)다.
[byeol ro (i) da]

- **한류열풍으로 한국문화를 알고 싶어하는 사람이 많아졌어요.**
  [hal-ryu yeol pung eu ro han gung-mu-nwa reul al go si-peo ha neun sa ra-mi ma-na jyeo-sseo yo]
  受韓流影響，想要了解韓國文化的人變多了。

- **제가 가장 좋아하는 한국 아이돌 그룹은 빅뱅이에요.**
  [je ga ga jang jo-a ha neun han guk a i dol geu ru-beun bik-ppaeng i e yo]
  我最喜歡的韓國偶像團體是BIG BANG。

- **공유는 참 멋있네요!**
  [gong yu neun cham meo-sin ne yo]
  孔劉真是太帥了！

- **김태희는 자연 미인이에요.**
  [gim tae hui neun ja yeon mi i-ni e yo]
  金泰希是天然美女。

- **박민영은 성형 미인이에요.**
  [bak mi-nyeong eun seong hyeong mi i-ni e yo]
  朴敏英是整形美女。

저는 김수현 팬이에요.
[jeo neun gim su hyeon pae-ni e yo]
我是金秀賢的粉絲。

- **한국의 국민 운동은 축구예요.**
  [han gu-ge gung-min un dong eun chuk-kku ye yo]
  韓國的國民運動是足球。

- **노약자를 배려해 주세요./노약자석을 노약자에게 양보해 주세요.**
  [no yak-jja reul bae ryeo hae ju se yo] [no yak-jja seo-geul no yak-jja e ge yang bo hae ju se yo]
  請照顧老弱婦孺／請禮讓博愛座給老弱婦孺。

- **김치는 배추, 고춧가루, 마늘, 생강, 여러가지 양념으로 만든 거예요.**
  [gim chi neun bae chu, go chu-gga ru, ma neul, saeng gang, yeo reo ga ji yang nyeo meu ro man deun geo ye yo]
  泡菜是用白菜、辣椒粉、大蒜、生薑和各種調味料製成的。

- **밑반찬 더 주세요.**
  [mit-ppan chan deo ju se yo]
  請再給我一些小菜。

- **안 매운 반찬이 있어요?**
  [an mae un ban cha-ni i-sseo yo]
  有不辣的小菜嗎？

- **건배! ／ 원샷!**
  [geon-bae / won syat]
  乾杯！

공기밥 하나 주세요.
[gong gi bap ha na ju se yo]
請給我一碗白飯。

오늘은 제가 한턱낼게요! 마음껏 드세요!
[o neu-reun je ga han teok nael ge yo] [ma eum kkeot deu se yo]
今天我請客！盡情享用吧！

여기서 만날 줄 몰랐네요.
[yeo gi seo man nal jul mol rat ne yo]
想不到會在這裡見到你。

안녕하세요?
[an nyeong ha se yo]
你好。

오랜만이에요.
[o raen ma-ni e yo]
好久不見了。

● **요즘 잘 지냈어요?／잘 지내고 있어요?／어떻게 지내세요?**
[yo jeum jal ji nae-sseo yo] [jal ji nae go i-sseo yo] [eo tteo-ke ji nae se yo]
最近過得好嗎？／過得好嗎？／過得如何？

● **좋아요. 고마워요!**
[jo a yo] [go ma wo yo]
很好。謝謝！

지금 가야겠어요.
[ji geum ga ya ge-sseo yo]
我現在得走了。

● **또 연락해요.**
[tto yeol-ra-kae yo]
再聯絡。

● **잘 지내세요.**
[jal ji nae se yo]
保重。

다음에 봐요.／또 봐요.
[da eu me bwa yo] [tto bwa yo]
下次見。／再見。

● **안녕히 가세요.／잘 가요.**
[an nyeong hi ga se yo] [jal ga yo]
請慢走。／再見。（留下的人對離開的人說、雙方都要離開時說）

● **안녕히 계세요.／잘 있어요.**
[an nyeong hi gye se yo] [jal i-sseo yo]
請留步。／再見。（離開的人對留下的人說）

Part 1

暢遊韓國
재미있는 한국

便利又快捷的交通工具,
讓你在韓國通行無阻!
想在韓國趴趴走,就從這裡開始!

비행기 탑승
[bi haeng gi tap-sseung]

搭飛機

機場
공항
[gong hang]

機場鐵路
공항철도
[gong hang cheol do]

從仁川機場到首爾市區的機場鐵路（A'REX），在費用上比機場巴士來得便宜，班次也很多。但缺點就是要提著行李在車站裡奔波。

機場巴士
공항버스
[gong hang beo seu]

搭乘機場巴士可以省下大包小包提著跑的辛苦，能夠抵達的地方也比較多。機場巴士又分優等（우등 [u deung]）和一般（일반 [il ban]）兩種，顧名思義，優等巴士的設備較好，票價也較高。

航空公司
항공(회)사
[hang gong (hoe) sa]

班機
항공편
[hang gong pyeon]

搭機手續
탑승수속
[tap sseung su sok]

托運
운송을 위탁하다
[un song eul wi ta-ka da]

登機行李
수하물
[su ha mul]

行李超重
과중 수하물
[gwa jung su ha mul]

行李提領處
수하물 찾는 곳
[su ha mul chan-neun got]

租車櫃檯
렌터카 카운터
[ren teo ka ka un teo]

租借手機／漫遊
휴대폰 대여／로밍
[hyu dae pon dae yeo / ro ming]

海關申報櫃檯
세관신고대
[se gwan sin go dae]

快速通關
자동출입국심사
[ja dong chu-rip gguk sim sa]

台灣人也可以在韓國機場申請自動快速通關服務。

出境
출국
[chul-kuk]

入境
입국
[ip-kkuk]

免稅店
면세점
[myeon se jeom]

轉機處
비행기 갈아타는 곳
[bi haeng gi ga-ra ta neun got]

飛機
비행기
[bi haeng gi]

登機口
탑승구
[tap-sseung gu]

經濟艙
이코노믹석
[i ko no mik-sseok]

商務艙
비즈니스석
[bi jeu ni seu seok]

頭等艙
**퍼스트 클래스／
일등석**
[peo seu teu keul rae seu /
il-tteung seok]

靠窗
창가쪽
[chang ga jjok]

靠走道
통로쪽
[tong-no jjok]

起飛
이륙
[i ryuk]

到達
도착
[do chak]

機長
기장
[gi jang]

空姐
스튜디어스
[seu tyu di eo seu]

空服員
승무원
[seung mu won]

乘客
승객
[seung gaek]

救生衣
구명조끼
[gu myeong jo kki]

飛機餐
기내식
[gi nae sik]

畅遊韓國

교통수단
[gyo tong su dan]

交通工具

地鐵
지하철／전철
[ji ha cheol / jeon cheol]

車站
역
[yeok]

車票
차표
[cha pyo]

入口
입구
[ip-kku]

儲值
충전
[chung jeon]

出口
출구
[chul gu]

服務台
안내소
[an nae so]

售票處
매표소
[mae pyo so]

置物櫃
물건 보관함
[mul geon bo gwan ham]

票價表
운임표
[u-nim pyo]

搭乘處
타는 곳
[ta neun got]

T MONEY交通卡
T MONEY교통카드
[T MONEY gyo tong ka deu]

韓國最普及的一種交通卡，除享有乘車優惠價格外，也可進行便利商店等小額付款。另有Cashbee、M PASS、One Card All Pass等其他的交通卡。

交通卡加值機
교통카드 충전기
[gyo tong ka deu chung jeon gi]

機器可以選擇中文介面，加值金額最少為1千韓元，最多為9萬韓元，卡片的最高額度則為50萬韓元。

退還押金機
보증금 환급기
[bo jeung geum hwan geup-kki]

一樣能夠選擇中文介面來操作。

轉乘處
갈아타는 곳
[ga-ra ta neun got]

月台
플랫폼
[peul raet pom]

車廂／列車
객차／열차
[gaek cha / yeol cha]

車內廣播
차내 방송
[cha nae bang song]

首班車
첫차
[cheot cha]

末班車
막차
[mak cha]

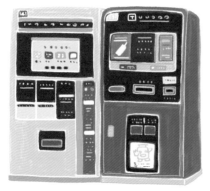

火車
기차
[gi cha]

高速列車
고속철도
[go sok cheol do]

單程票
편도표
[pyeon do pyo]

來回票
왕복표
[wang bok pyo]

候車室
대합실
[dae hap-ssil]

搭乘處
타는곳
[ta neun got]

KTX／韓國高速鐵道
KTX／한국고속철도
[KTX / han guk kko sok cheol ddo]

Korea Train eXpress（韓國高速鐵道）的
簡稱，由韓國鐵道公司（Korail）營運。

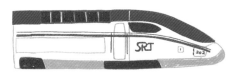

SRT／水西平澤高速線
SRT／수서고속철도
[SRT / su seo go sok cheol ddo]

Super Rapid Train（水西高速鐵道），
由韓國鐵道公司子公司Supreme Railway
（簡稱SR）營運。

空車
빈차
[bin cha]

計程表
미터기
[mi teo gi]

計程車
택시
[taek-ssi]

司機
운전기사
[un jeon gi sa]

找零
거스름돈
[geo seu reum tton]

時刻表
시각표
[si gak pyo]

搭乘
타다／타요
[ta da / ta yo]

公車
버스
[beo seu]

路線圖
노선도
[no seon do]

下車
내리다／내려요
[nae ri da / nae ryeo yo]

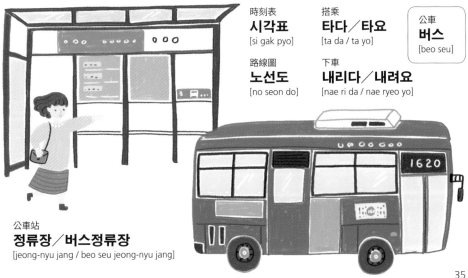

公車站
정류장／버스정류장
[jeong-nyu jang / beo seu jeong-nyu jang]

暢遊韓國

도시
[do si]

都市

商業區／鬧區
상업지구／번화가
[sang eop-jji gu / beo-nwa ga]

市政府
시청
[si cheong]

郵局
우체국
[u che guk]

消防局
소방서
[so bang seo]

辦公大樓
사무용 빌딩
[sa mu yong bil ding]

銀行
은행
[eun haeng]

警察局
경찰서
[gyong chal seo]

學校
학교
[hak-kkyo]

圖書館
도서관
[do seo gwan]

公園
공원
[gong won]

약국

GS25

OPEN

書店
서점
[seo jeom]

商店
가게
[ga ge]

便利商店
편의점
[pyeon-ni jeom]

麵包店
제과점／빵집
[je gwa jeom / ppang-jjip]

餐廳
식당
[sik-ttang]

百貨公司
백화점
[bae-kwa jeom]

藥局
약국
[yak-kkuk]

花店
꽃집
[kkot-jjip]

37

暢遊韓國

거리풍경
[geo ri pung gyong]

街景

地下道
지하도
[ji ha do]

天橋
육교
[yuk-kkyo]

紅綠燈
신호등
[si-no deung]

馬路
차도
[cha do]

路燈
가로등
[ga ro deung]

加油站
주유소
[ju yu so]

斑馬線
횡단보도
[hoeng dan bo do]

路邊停車
노상주차
[no sang ju cha]

十字路口
교차로
[gyo cha ro]

停車位
주차공간
[ju cha gong gan]

腳踏車
자전거
[ja jeon geo]

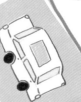

機車
스쿠터
[seu ku teo]

汽車
승용차／자동차
[seung yong cha / ja dong cha]

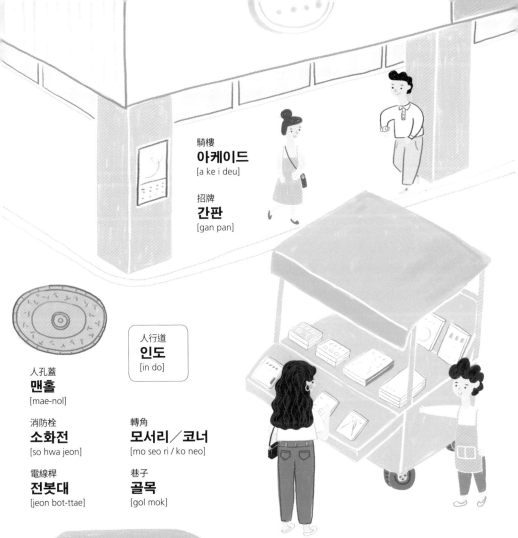

騎樓
아케이드
[a ke i deu]

招牌
간판
[gan pan]

人行道
인도
[in do]

人孔蓋
맨홀
[mae-nol]

消防栓
소화전
[so hwa jeon]

轉角
모서리／코너
[mo seo ri / ko neo]

電線桿
전봇대
[jeon bot-ttae]

巷子
골목
[gol mok]

書報攤／地攤
가판대／노점
[ga pan dae / no jeom]

自動販賣機
자판기
[ja pan gi]

公共電話
공중전화
[gong jung jeo-nwa]

39

실례합니다.
[sil rye ham-ni da]
（向人搭話時）不好意思。

길을 잃어버렸어요.
[gi-reul i-reo beo ryeo-sseo yo]
我迷路了。

- **도착할 때 좀 알려 주세요.**
[do cha-kal ttae jom al ryeo ju se yo]
到站時請告訴我。

- **여기서 세워 주세요.**
[yeo gi seo se wo ju se yo]
請在這裡停車。

- **지하철은 어디에서 타나요?**
[ji ha cheo-reun eo di e seo ta na yo]
要去哪裡搭地鐵？

- **이 길을 따라 똑바로 가면 오른쪽에 지하철이 있어요.**
[i gi-reul tta ra ttok-ppa ro ga myeon o reun jjo-ge ji ha cheo-ri i-sso yo]
這條路往前直走，右邊就有地鐵站。

- **이 거리의 이름이 뭐예요?**
[i geo ri e i reu-mi mwo ye yo]
這個路口的名字是什麼呢？

저쪽으로 가세요.
[jeo jjo-geu ro ga se yo]
往那邊走。

- **지도 좀 그려 주시겠어요?**
[ji do jom geu ryo ju si ge-sso yo]
可以畫地圖給我嗎？

근처에 서점이 있어요?
[geun cheo e seo jeo-mi i-sso yo]
附近有書店嗎?

> **도와주셔서 감사합니다.**
> [do wa ju syeo seo gam sa ham ni da]
> 謝謝你的幫助。

指路用語

앞 [ap] 前面	**앞쪽** [ap jjok] 前方	**앞쪽으로** [ap jjo-geu ro] 往前面	
뒤 [dwi] 後面	**뒷쪽** [dwit jjok] 後方	**뒷쪽으로** [dwit jjo-geu ro] 往後面	
직진하다 [jik-jji-na da] 直走	**좌회전** [jwa hoe jeon] 左轉	**우회전** [u hoe jeon] 右轉	
이쪽 [i jjok] 這邊	**저쪽** [jeo jjok] 那邊	**왼쪽** [oen jjok] 左邊	**오른쪽** [o reun jjok] 右邊
동쪽 [dong jjok] 東邊	**남쪽** [nam jjok] 南邊	**서쪽** [seo jjok] 西邊	**북쪽** [buk jjok] 北邊
길치 [gil chi] 路痴	**길을 묻다** [gi-reul mut-tta] 問路	**방향** [bang hyang] 方向	**지름길** [ji reum-kkil] 捷徑

축구를 좋아해요?
[chuk-kku rel jo-a hae yo]
你喜歡足球嗎？

- **제가 가장 좋아하는 것은 운동이에요.**
  [je ga ga jang jo-a ha neun geo-seun un dong i e yo]
  我最喜歡運動了。

- **여기 음식을 좋아하세요?／입맛에 맞아요?**
  [yeo gi eum si-geul jo-a ha se yo] [im-ma-se ma-ja yo]
  你喜歡這裡的食物嗎？／合你的胃口嗎？

저는 그 치마가 마음에 들어요.
[jeo neun geu chi ma ga ma eu-me deu-reo yo]
我喜歡這件裙子。

- **제가 강아지를 얼마나 좋아하는데요.**
  [je ga gang a ji reul eol ma na jo-a ha neun de yo]
  我非常喜歡小狗。

- **미선 씨에 대해 호감이 있어요?／호감이 생겼어요?**
  [mi seon ssi e dae hae ho ga-mi i-sseo yo] [ho ga-mi saeng gyeo-sso yo]
  你對美善有好感嗎？／產生好感了嗎？

- **제가 그녀에게 관심이 있어요./많아요.**
  [je ga geu nyeo e ge gwan si-mi i-sseo yo] [gwan si-mi ma-na yo]
  我對她感興趣／很感興趣。

Part 2

瘋迷韓國
한류 마니아

偶像歌手、搞笑綜藝、感人戲劇，
是什麼將你捲入韓流漩渦的呢？
一起來看看有哪些不可不知的韓流單字吧！

瘋迷韓國

연극
[yeon geuk]

戲劇

NOW SHOWING

海報
포스터
[po seu teo]

預告片
예고편
[ye go pyeon]

票房收入
흥행수입
[heung haeng su ip]

電影院
영화관
[yeong hwa gwan]

類型
장르
[jang reu]

觀眾
관객
[gwan gaek]
指電影、體育競賽、舞台劇
的觀眾。電視節目的觀眾則
用시청자 [si cheong ja]。

大銀幕
화면／스크린
[hwa myeon / seu keu rin]

動作
액션
[aek-ssyeon]

喜劇
코미디
[ko mi di]

愛情
로맨스
[ro maen seu]

奇幻
판타지
[pan ta ji]

戰爭
전쟁
[jeon jaeng]

驚悚
스릴러
[seu ril reo]

恐怖
공포
[gong po]

冒險
어드벤처
[eo deu ben cheo]

武俠
무협
[mu hyeop]

古裝劇
시대극
[si dae geuk]

動畫
**애니메이션／
만화 영화**
[ae ni me i syeon /
ma-nwa yeong hwa]

紀錄片
다큐멘터리
[da kyu men teo ri]

成人片
성인
[seong in]

後製
후기 제작
[hu gi je jak]

導演
감독
[gam dok]

台詞
대사
[dae sa]

男演員
남배우
[nam bae u]

演技
연기
[yeon gi]

配音
더빙
[deo bing]

特效
특수 효과
[teuk-ssu hyo gwa]

編劇
작가
[jak-kka]

主角
주인공
[ju in gong]

女演員
여배우
[yo bae u]

字幕
자막
[ja mak]

剪接
편집
[pyeon-jip]

釜山國際電影節
부산국제영화제
[bu san guk-jje yeong hwa je]

韓國最大型且最重要的電影節，目前也是亞洲
第二大國際影展（僅次於東京國際電影節）。

電影節／影展
영화제
[yeong hwa je]

演技大獎
연기대상
[yeon gi dae sang]

每一年韓國的三大電視台（SBS、MBC、
KBS）都會各自舉辦演技大獎的頒獎禮，針對
該年度台內連續劇選出優秀者頒發獎項。

大鐘獎
대종상
[dae jong sang]

青龍電影獎
청룡영화상
[cheong-nyong yeong hwa sang]

百想藝術大獎
백상예술대상
[baek-ssang ye sul dae sang]

大鐘獎、青龍電影獎及百想藝術大獎被稱為
韓國電影的三大獎項。但不同的是百想藝術
大獎包含電影及電視兩方面的獎項。

瘋迷韓國

프로그램
[peu ro geu raem]

電視節目

一日三餐
삼시세끼
[sam si se kki]

分為農村篇與漁村篇,讓星們體驗自炊與自給自足生活的實境節目。

我的超人爸爸
슈퍼맨이 돌아왔다
[syu peo mae-ni do-ra wat-tta]

讓明星爸爸於48小時內獨自照顧孩子,並完成媽媽給予的任務。

花漾爺爺
꽃보다 할배
[kkot-ppo da hal bae]

由韓國知名老牌演員李順載、申久、朴根瀅、白一燮、金容建等人,以及演員李瑞鎮、崔智友等參與的國外旅遊實境節目。抵達台灣進行拍攝後,帶動許多韓國人來到台灣旅遊。

孝利家民宿
효리네 민박
[hyo ri ne min bak]

知名女星李孝利與丈夫李尚順在濟州島開設民宿,以此節目紀錄民宿與房客們相處的點點滴滴。

實境節目
리얼리티쇼
[ri eol ri ti syo]

你最喜歡的電視節目是哪一個呢?
가장 좋아하는 프로그램은 뭐예요?
[ga jang jo-a ha neun peu ro geu rae-meun mwo ye yo]

我想想…
글쎄요…
[geul sse yo]

狀況劇
상황극
[sang hwang geuk]

喜劇大聯盟
코미디빅리그
[ko mi di bik ri geu]

由各喜劇演員組隊演出進行大型競賽。

好吃的傢伙們
맛있는 녀석들
[ma-sin-neun nyeo seok-tteul]

由四位主持人每集到不同店家吃遍各式美食,尤其主持人之一的金峻鉉在韓劇《德魯納酒店》中也有戲份,是女主角IU最喜愛的大胃王。

特集
특집
[teuk-jjip]

單元
코너
[ko neo]

諧星
개그맨
[gae geu maen]

外景拍攝
로케이션 촬영
[ro ke i syeon chwa-ryeong]

主持人
사회자
[sa hwe ja]
通常也會用「MC」
來稱呼主持人。

來賓
출연자／게스트
[chu-ryeon ja / ge seu teu]

錄影
녹화
[no-kwa]

收視率
시청률
[si cheong-nyul]

播出
방송
[bang song]

廣告
광고
[gwang go]

談話節目
토크쇼
[to keu syo]

訪問
인터뷰
[in teo byu]

主題
주제／테마
[ju je / te ma]

黃金漁場Radio Star
황금어장 라디오스타
[hwang geu-meo jang ra di o seu ta]
以電視節目形式呈現廣播現場，由主持人邀請藝人
進行訪問與討論。

李棟旭想做脫口秀
이동욱은 토크가 하고 싶어서
[i dong u-geun to keu ga ha go si-peo seo]
由李棟旭主持的一對一聊天節目，邀請明星好友們
暢談生活與人生話題。

綜藝節目
예능프로그램
[ye neung peu ro geu raem]

兩天一夜
1박2일
[il ba-gi il]
讓節目來賓體會韓國各地的美食
與自然景色，並在比賽中以各種
「福不福」（意指是福還是禍）
來決定晚餐、是否露宿等。

無限挑戰
무한도전
[mu han do jeon]
簡稱為무도 [mu do]。

拜託了冰箱！
냉장고를 부탁해
[naeng jang go reul bu ta-kae]
節目主題是讓廚師利用來賓運來的冰箱食材
製作美食，由來賓出題讓四位廚師挑戰。

Running Man
런닝맨
[reon ning maen]
每集主持人與來賓在特定的場地進行任務遊
戲，比賽中最緊張刺激的就是撕名牌戰。近年
也轉往各國家製作特別節目，包括湯姆克魯斯
在內的好萊塢明星也曾參與節目遊戲。

瘋迷韓國

음악
[eu-mak]

音樂

舞台
무대
[mu dae]

音響
음향／사운드
[eu-myang / sa un deu]

燈光
조명
[jo myeong]

麥克風
마이크
[ma i keu]

舞台佈置
무대장치
[mu dae jang chi]

舞台裝
무대 의상
[mu dae ui sang]

演出
연출
[yeon chul]

演唱會
음악회／콘서트
[eu-ma-koe / kon seo teu]

演奏會
연주회
[yeon ju hoe]

音樂劇
뮤지컬
[myu ji keol]

歌劇
오페라
[o pe ra]

音樂節目
음악 (가요) 프로그램
[eu-mak (ga yo) peu ro geu raem]

韓國幾個主要的音樂節目如：《人氣歌謠》
（인기가요 [in gi ga yo]）、《音樂銀行》
（뮤직뱅크 [myu jik-ppaeng keu]）、《音
樂中心》（쇼!음악중심 [syo eu-mak jjung
sim]）等節目，在台灣都看得到！

加油！
화이팅!
[hwa i ting]

人氣排行榜TOP 10
인기순위 톱10
[in-kki sun wi top ten]

歌曲
노래
[no rae]

歌詞
가사
[ga sa]

歌名
노래 제목
[no rae je mok]

現場直播
생방송
[saeng bang song]

表演
공연／퍼포먼스
[gong yeon / peo po meon seu]

歌迷
팬
[paen]

彩排
리허설
[ri heo seol]

歌手／音樂人
가수／음악인／뮤지션
[ga su / eu-ma-gin / myu ji syeon]

最棒／讚！
짱!
[jjang]

出道
데뷔
[de bwi]

主打歌
타이틀곡
[ta i teul gok]

專輯
앨범
[ael beom]

唱片
음반
[eum ban]

主唱
메인 보컬
[me in bo keol]

隊長
리더
[ri deo]

團員
멤버
[mem beo]

舞蹈
댄스
[daen seu]

編舞
안무
[an mu]

伴舞
백댄서
[baek-ttean seo]

經紀人
매니저
[mae ni jeo]

行程
스케줄
[seu ke jul]

49

頒獎典禮
시상식
[si sang sik]

網友
누리꾼／네티즌
[nu ri kkun / ne ti jeun]

《人氣歌謠》每週會頒發獎項「뮤티즌 송」
[myu-ti jeun song]（mutizen song），其實
mutizen這個字是由music+netizen而來，即
「在網路上面下載音樂的網友」。

第一名
1위
[i-rwei]

獎盃
트로피
[teu ro pi]

得獎
수상
[su sang]

感言
코멘트
[ko men teu]

人氣
인기
[in-kki]

單人歌手
솔로 가수
[sol ro ga su]

雙人組合
듀오／2인조
[dyu o / i in jo]

團體
그룹
[geu rup]

樂團
밴드
[baen deu]

男孩團體
보이 그룹
[bo i geu rup]

少女團體
걸 그룹
[geol geu rup]

排行榜
차트
[cha teu]

老么
막내
[mang-nae]

大哥
맏형
[ma-tyeong]

韓國偶像團體在自我介紹時通常會
告訴大家誰是團中最年長者及最年
幼者，除了可以表現出特色，也是
重視長幼有序的一種表現。

樂器
악기
[ak-kki]

小提琴
바이올린
[ba i ol rin]

中提琴
비올라
[bi ol ra]

大提琴
첼로
[chel ro]

樂器行
악기점
[ak-kki jeom]

吉他
기타
[gi ta]

電吉他
전자기타
[jeon ja gi ta]

貝斯
베이스
[be i seu]

節拍器
메트로놈
[me teu ro nom]

鋼琴
피아노
[pi a no]

鍵盤
키보드
[ki bo deu]

薩克斯風
색소폰
[saek-sso pon]

手風琴
아코디언
[a ko di eon]

演奏者
연주자
[yeong ju ja]

長笛
플루트
[peul ru teu]

調音器
튜너
[tyu neo]

撥片（Pick）
피크
[pi keu]

樂譜
악보
[ak-ppo]

口琴
하모니카
[ha mo ni ka]

鼓
드럼
[deu reom]

譜架
악보대
[ak-ppo dae]

音樂類型
음악 스타일
[eu-mak seu ta il]

電子音樂
전자음악／테크노
[jeon ja eu-mak / te keu no]

原聲帶
오 에스 티
[o e seu ti]
取自英文的OST，即Original
sound track的縮寫。

古典
클래식
[keul rae sik]

爵士
재즈
[jae jeu]

Bossa nova
보사노바
[bo sa no ba]

藍調
블루스
[beul ru seu]

RAP
랩
[raep]

RAPPER
래퍼
[rae peo]

雷鬼
레게
[re ge]

鄉村民謠
컨트리 포크
[keon teu ri po keu]

新世紀
뉴에이지
[nyu e i ji]

流行
팝
[pap]

重金屬
헤비 메탈
[he bi me tal]

宗教音樂
종교음악
[jong gyo eu-mak]

抒情
발라드
[bal ra deu]

靈魂樂
소울
[so ul]

搖滾
록
[rok]

龐克
펑크
[peong keu]

R&B
알앤비
[a-raen bi]
完整的說法是리듬앤드블루
스 [ri deu-maen deu beul ru
seu]（rhythm and blues）。

TROT
트로트
[teu ro teu]
韓國傳統歌謠，類似日本的演歌。

追星
덕질
[deok-jjil]

活動
행사／이벤트
[haeng sa ／ i ben teu]

握手
악수
[ak-ssu]

加油、應援
응원
[eung won]

加油道具
응원도구
[eung won do gu]

宣傳
홍보
[hong bo]

見面會
팬미팅
[paen mi ting]

歌迷信
팬 레터
[paen re teo]

螢光棒
야광봉
[ya gwang bong]

頭巾
두건
[du geon]

訂購處
예매처
[ye mae cheo]

禮物
선물
[seon mul]

充氣加油棒
막대풍선
[mak-ttae pung seon]

扇子
부채
[bu chae]

門票
티켓
[ti ket]

加油口號
응원구호
[eung won gu ho]

氣球
풍선
[pung seon]

明星商品
스타 굿즈
[seu ta gut-jjeu]

熱唱
열창
[yeol chang]

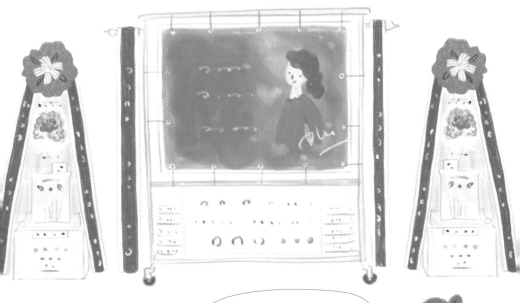

米花環
쌀화환
[ssal hwa hwan]

在韓國的婚喪喜慶場合常會見到像這樣的米花環。以一包包的米代替鮮花而做成的花環，歌迷們通常會集資購買並擺在偶像舉辦活動的地點，活動結束後再以偶像的名義捐給公益單位。不只能幫助到弱勢團體，也能促進稻米銷售，更能減少花的浪費。

好可愛／帥／漂亮！
너무 귀여워요／멋있어요／예뻐요!
[neo mu gwi yeo wo yo / meo-si-sseo yo / ye ppeo yo]

不要太辛苦囉！
너무 무리하지 마세요!
[neo mu mu ri ha ji ma se yo]

超級愛你的！
완전 사랑해요!
[wan jeon sa rang hae yo]

可以一起合照嗎？
같이 사진 찍어도 될까요?
[ga-chi sa jin jji-geo do doel kka yo]

請簽名。
사인해 주세요.
[sa in-ne ju se yo]

哥哥是最棒的！
오빠가 최고다!
[o ppa ga choe go da]

永遠支持你！
언제나 응원할게요!
[eon je na eung won hal-kke yo]

- **요즘 무슨 새로 나온 한국 드라마／영화／노래 있어요?**
  [yo jeum mu seun sae ro na on han guk deu ra ma / yeong hwa / no rae i-sseo yo]
  最近有新的韓劇／電影／音樂嗎？

- **이번 주 런닝맨 봤어요? 진짜 재미있는데요!**
  [i beon ju reon ning maen bwa-sseo yo] [jin jja jae mi-in-neun de yo]
  你看了這禮拜的《Running man》嗎？真的很有趣啊！

- **빅뱅은 오디션에서 통과하고 데뷔한 거래요.**
  [bik-ppaeng eun o di syeo-ne seo tong gwa ha go de bwi han geo rae yo]
  聽說BIG BANG是透過選秀節目出道的。

- **재즈 좋아해요?**
  [jae jeu jo-a hae yo]
  你喜歡爵士樂嗎？

저는 피아노를 칠 줄 알아요.
[jeo neun pi a no reul chil jul a-ra yo]
我會彈鋼琴。

- **가장 좋아하는 노래는 뭐예요?**
  [ga jang jo-a ha neun no rae neun mwo ye yo]
  你最喜歡的歌曲是什麼？

- **그 가수가 노래도 잘 부르고 춤도 잘 춰서 인기가 많아요.**
  [geu ga su ga no rae do jal bu reu go chum do jal chwo seo in gi ga ma-na yo]
  那位歌手歌也唱得好，舞也跳得好，因此很受歡迎。

제가 제일 좋아하는 가수가／아이돌 그룹이 새 앨범을 냈어요.
[je ga je il jo-a ha neun ga su ga / a i dol geu ru-bi sae ael beo-meul nae-sseo yo]
我最喜歡的歌手／團體出新唱片了。

- **저는 방탄소년단 광팬이에요.**
  [jeo neun bang tan so nyeon dan gwang pae-ni-e yo]
  我是防彈少年團的狂熱粉絲。

- **쯔위는 제 이상형이에요.**
  [jjeu wi neun je i sang hyeong i e yo]
  子瑜是我的理想型。

- **이것은 생방송／재방송이에요.**
  [i geo-seun saeng bang song / jae bang song i e yo]
  這是現場直播／重播。

다른 채널로 바꾸면 어떨까요?
[da reun chae neol ro ba kku myeon eo tteol gga yo]
我們換別的頻道好嗎？

- **저는 런닝맨과 무한도전을 제일 좋아합나다!**
  [jeo neun reon ning maen gwa mu han do jeo-reul je il jo-a ham ni da]
  我最喜歡《Running Man》跟《無限挑戰》！

- **고마워요. ／감사합니다.**
  [go ma wo yo] [gam sa ham-ni da]
  謝謝／感謝。

- **도와 주셔서 감사합니다. ／도와 줘서 고마워요.**
  [do wa ju syeo seo gam sa ham-ni da] [do wa jwo seo go ma wo yo]
  謝謝您的幫忙。

> **도움이 많이 됐어요. 감사합니다.**
> [do u-mi ma-ni doe-sseo yo] [gam sa ham-ni da]
> 承蒙您的照顧了。

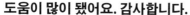

- **천만에요.**
  [cheon ma-ne yo]
  不客氣。

- **도와 줄 수 있어서 기쁘네요.**
  [do wa jul su i-sseo seo gi ppeu ne yo]
  我很高興能幫上忙。

- **미안해요.**
  [mi an-nae yo]
  對不起。

- **용서해 주세요.**
  [yong seo hae ju se yo]
  請原諒我。

- **죄송합니다.**
  [joe song ham-ni da]
  抱歉。

- **제 사과를 받아 주세요.**
  [je sa gwa reul ba-da ju se yo]
  請接受我的道歉。

- **정말 괜찮아요.**
  [jeong mal goaen cha-na yo]
  真的沒關係。

- **마음에 두지 마세요.**
  [ma eu-me du ji ma se yo]
  不要放在心上。

- **괜찮으니까 너무 많이 생각하지 마세요.**
  [goaen cha-neu ni kka neo mu ma-ni saeng ga-ka ji ma se yo]
  沒關係的，所以不要想太多。

- **신경 쓰지 마세요.**
  [sin gyeong sseu ji ma se yo]
  請不要太介意。

Part 3

時尚韓國

한국 패션

女孩們總是為了追求美麗而努力不懈，
整形美容、化妝打扮、血拼購物，
一起踏上永無止盡的愛美之路吧！

時尚韓國

성형
[seong hyeong]

整形

我是來諮詢整形手術的。
성형수술 상담하러 왔습니다.
[seong hyeong su sul sang dam ha reo wat-sseum-ni da]

大約需要100萬韓幣。
약 한국돈 100만원 정도가 듭니다.
[yak han-guk-tton baek ma-nwon jeong do ga deum-ni da]

手術大約會花多少錢？
수술 비용은 얼마나 됩니까?
[su sul bi yong eun eol ma na doem-ni kka]

大約需要1個小時。
약 1시간 정도 소요됩니다.
[yak han si gan jeong do so yo doem-ni da]

手術大約會花多少時間？
수술 시간은 얼마나 걸립니까?
[su sul si ga-neun eol ma na geol rim-ni kka]

手術後的恢復期多長？
수술 후 회복기는 얼마나 걸립니까?
[su sul hu hoe bok-kki neun eol ma na geol rim-ni kka]

手術後會留下多大的疤痕？
수술 후 흉터는 얼마나 남나요?
[su sul hu hyung teo neun eol ma na nam na yo]

整形外科
성형외과
[seong hyeong oe kkwa]

整形諮詢
성형 상담
[seong hyeong sang dam]

整形手術
성형수술
[seong hyeong su sul]

疤痕
흉터
[hyung teo]

恢復期
회복기
[hoe bok-kki]

全身麻醉
전신 마취
[jeon sin ma chwi]

睡眠麻醉
수면 마취
[su myeon ma chwi]

局部麻醉
국소 마취
[guk-sso ma chwi]

整容前／後
성형전／후
[seong hyeong jeon / hu]

住院／出院
입원／퇴원
[i-bwon / toe won]

臉部整形
얼굴 성형
[eol gul seong hyeong]

削骨
얼굴뼈 축소
[eol gul ppyeo chuk-sso]

黑眼圈治療
다크써클 치료
[da keu sseo keul chi ryo]

雷射治療
레이저 치료
[re i jeo chi ryo]

顏面輪廓手術
안면윤곽 수술
[an myeo-nyun gwak-ssu sul]

髮線再造
헤어라인 이식
[he eo ra in i sik]

除斑
주근깨 제거
[ju geun kkae je geo]

肉毒桿菌
보톡스
[bo tok-sseu]

顴骨削骨
광대뼈 축소
[gwang dae ppyeo chuk-sso]

額頭整形
이마 성형
[i ma seong hyeong]

除皺
주름 성형
[ju reum seong hyeong]

玻尿酸
히알루론산
[hi al ru ron san]

眼部整形
눈 성형
[nun seong hyeong]

鼻子整形
코 성형
[ko seong hyeong]

雙眼皮手術
쌍꺼풀 수술
[ssang kkeo pul su sul]

隆鼻
융비술／코높이기
[yung bi sul / ko no-pi gi]

開眼頭
앞트임
[ap teu im]

鼻尖整形
코끝 성형
[ko kkeut seong hyeong]

開眼尾
뒤트임
[dwi teu im]

縮鼻翼
콧볼 축소
[kot-ppol chuk-sso]

眼尾拉提
눈꼬리 내리기
[nun kko ri nae ri gi]

嘴唇整形
입술 성형
[ip-ssul seong hyeong]

身體整形
몸 성형
[mom seong hyeong]

豐唇
입술 필러
[ip-ssul pil reo]

縮胸
가슴 축소
[ga seum chuk-sso]

隆乳
가슴확대
[ga seum hwak-ttae]

拉皮
리프팅
[ri peu ting]

縮唇
입술 축소
[ip-ssul chuk-sso]

矽膠
실리콘
[sil ri kon]

抽脂
지방 흡입
[ji bang heu-bip]

微笑唇手術
입꼬리 성형
[ip ggo ri seong hyeong]

時尚韓國

옷차림
[ot cha rim]

穿著打扮

上衣
상의
[sang i]

無袖上衣
민소매
[min so mae]

T恤
티셔츠
[ti syeo cheu]

短袖
반팔
[ban pal]

襯衫
셔츠／와이셔츠
[syeo cheu / wa i syeo cheu]

長袖
긴팔
[gin pal]

毛衣
스웨터
[seu we teo]

下身
하의
[ha i]

褲子
바지
[ba ji]

牛仔褲
청바지
[cheong ba ji]

長褲
긴바지
[gin ba ji]

長裙
롱 치마
[rong chi ma]

短褲
반바지
[ban ba ji]

裙子
치마／스커트
[chi ma / seu keo teu]

七分褲
칠부 바지
[chil bu ba ji]

迷你裙
미니스커트
[mi ni seu keu teu]

衣物
의류
[ui ryu]

服飾店
옷가게
[ot-kka ge]

男裝
남성복／신사복
[nam seong bok / sin sa bok]

女裝
여성복／숙녀복
[yeo seong bok / sung nyeo bok]

泳衣
수영복
[su yeong bok]

襯衣
내의
[nae i]

童裝
아동복
[a dong bok]

套裝
슈트
[syu teu]

西裝
양복
[yang bok]

洋裝
원피스
[won pi seu]

內褲
팬티
[paen ti]

胸罩
브라
[beu ra]

運動服
운동복
[un dong bok]

制服
유니폼／제복
[yu ni pom / je bok]

尺寸
사이즈
[sa i jeu]

韓國的衣服尺寸是以胸圍
作單位，台灣通常是S、
M、L、XL，而韓國則會標
示為55、66、77、88。

配件
장신구
[jang sin gu]

帽子
모자
[mo ja]

棒球帽
야구모자／캡모자
[ya gu mo ja / kaep mo ja]

眼鏡
안경
[an gyeong]

太陽眼鏡
선글라스
[seon geul ra seu]

毛帽
털모자
[teol mo ja]

髮夾
머리핀
[meo ri pin]

別針
브로치
[beu ro chi]

髮箍
머리띠
[meo ri tti]

項鍊
목걸이
[mok-kkeo-ri]

耳環
귀걸이
[gwi geo-ri]

皮帶
허리띠／벨트
[heo ri tti / bel teu]

蝴蝶結
리본
[ri bon]

圍巾
목도리／머플러
[mok-ddo ri / meo peul reo]

領結
나비 넥타이／보타이
[na bi nek ta i / bo ta i]

絲襪
스타킹
[seu ta king]

領帶
넥타이
[nek ta i]

褲襪
팬티 스타킹
[paen ti seu ta king]

戒指
반지
[ban ji]

手鐲／手鍊
팔찌
[pal jji]

外套
외투／자켓
[oe tu / ja ket]

手套
장갑
[jang gap]

大衣
오버코트
[o beo ko teu]

夾克
자켓／잠바
[ja ket / jam ba]

羽絨外套
오리털잠바
[o ri teol jam ba]

時尚韓國

원단
[won dan]

布料

材質
재질
[jae jil]

棉
면
[myeon]

亞麻
아마
[a ma]

尼龍
나일론
[na yil ron]

嫘縈
레이온
[re i on]

絲
실크
[sil keu]

蕾絲
레이스
[re i seu]

羊毛
울
[ul]

雪紡紗
쉬폰
[swi pon]

聚酯纖維
폴리에스테르
[pol ri e seu te reu]

彈性人造纖維
스판덱스
[seu pan dek-sseu]

花紋
무늬
[mu-ni]

條紋
줄무늬／스트라이프
[jul mu-ni / seu teu ra i peu]

花朵圖樣
꽃무늬／플로럴
[kkon-mu-ni / peul ro reol]

格紋
체크무늬
[che keu mu-ni]

豹紋／虎紋
호피무늬
[ho pi mu-ni]

圓點
물방울무늬／도트
[mul ppang ul mu-ni / do teu]

洗滌方式
세탁 방법
[se tak ppang beop]

手洗
손세탁
[son se tak]

乾洗
드라이클리닝
[deu ra i keul ri ning]

製造商
제조회사
[je jo hoe sa]

進口商品
수입품
[su ip pum]

出口商品
수출품
[su chul pum]

原產地
원산지
[won san ji]

國產
국산／국내산
[guk-ssan / gung-nae san]

顏色
컬러／색상
[keol reo / saek-ssang]

白色
하얀색／흰색
[ha yan saek / hin-saek]

紅色
빨간색
[ppal gan saek]

黑色
검은색／검정／까만색
[geo-meun saek / geom jeong / kka man saek]

綠色
녹색／초록색
[nok-ssaek / cho rok-ssaek]

灰色
회색
[hoe saek]

藍色
파란색
[pa ran saek]

米色
베이지색
[be i ji saek]

紫色
보라색
[bo ra saek]

黃色
노란색
[no ran saek]

金色
금색
[geum saek]

粉紅色
분홍색／핑크색
[bun hong saek / ping keu saek]

銀色
은색
[eun saek]

쇼핑

[syo ping]

購物

保養品
기초 화장품
[gi cho hwa jang pum]

保養乳霜
영양 크림
[yeong yang keu rim]

卸妝油
**메이크업 리무버／
클렌징오일**
[me i keu eop ri mu beo /
keul ren jing o il]

護手霜
핸드 크림
[haen deu keu rim]

卸妝乳霜
클렌징크림
[krul ren jing keu rim]

面膜
마스크 팩
[ma seu keu paek]

化妝水
화장수／스킨／토너
[hwa jang su / seu kin / to neo]

護唇膏
립밤
[rip-ppam]

乳液
로션
[ro syeon]

收斂化妝水
수렴 화장수
[su ryeom hwa jang su]

柔軟／保濕化妝水
유연／보습 화장수
[yu yeon / bo seup hwa jang su]

精華液
에센스
[e sen seu]

日霜
데이 크림
[de i keu rim]

晚霜
나이트 크림
[na i teu keu rim]

眼霜
아이 크림
[a i keu rim]

防曬乳
선크림
[seon keu rim]

隔離霜
메이크업 베이스
[me i keu eop be i seu]

BB霜
비비 크림
[bi bi keu rim]
具有潤色、保養等效果的底妝。

遮瑕膏
컨실러
[keon sil reo]

蜜粉
파우더
[pa u deo]

粉餅
컴팩트
[keom paek teu]

粉底液
리퀴드 파운데이션
[ri kwi deu pa un de i syeon]

眼線筆
아이펜슬
[a i pen seul]

眼影
아이섀도
[a i syae do]

眉筆
아이브로펜슬
[a i beu ro pen seul]

睫毛夾
속눈썹 뷰러
[song nun sseop byu reo]

睫毛膏
마스카라
[ma seu ka ra]

假睫毛
인조 눈썹
[in jo nun sseop]

腮紅
볼터치
[bol teo chi]

腮紅刷
브러시
[beu reo si]

口紅
립스틱
[rip seu tik]

唇蜜
립글로스
[rip-kkeul ro seu]

吸油面紙
기름종이
[gi reum jong i]

指甲油
매니큐어
[mae ni kyu eo]

香水
향수
[hyang su]

美妝店
화장품가게
[hwa jang pum ga ge]

百貨公司
백화점
[bae-kwa jeom]

折扣
디스카운트／할인
[di seu ka un teu / ha-rin]

打折
세일 판매
[se il pan mae]

會員
멤버
[mem beo]

逛街
쇼핑하다
[syo ping ha da]

會員卡
멤버십 카드
[mem beo sip ka deu]

女裝部
여성의류매장
[yeo seong ui ryu mae jang]

集點卡
포인트 카드
[po in teu ka deu]

試衣間
탈의실
[ta-ri sil]

樂天百貨公司
롯데백화점
[rot-tte bae-kwa jeom]

贈品
증정품
[jeung jeong pum]

櫃檯
계산대／카운터
[gye san-tae / ka un teo]

新世界百貨公司
신세계백화점
[sin se gye bae-kwa jeom]

試用品
샘플
[saem peul]

結帳
계산
[gye san]

現代百貨公司
현대백화점
[hyeon dae bae-kwa jeom]

e-mart 易買得
이마트
[i ma teu]
韓國大型超市。

沒關係，我只是看看。
괜찮습니다. 그냥 구경 좀 하고 있어요.
[gwaen chan sseum-ni da] [geu nyang gu gyeong jom ha go i-sseo yo]

請問有尺寸較大（較小）的嗎？
더 큰 (작은) 게 있어요?
[deo keun (ja-geun) ge i-sseo yo]

請問有其他顏色的嗎？
다른 색도 있어요?
[da reun saek-tto i-sseo yo]

客人
고객
[go gaek]

有的，請稍等！
네, 잠시만요!
[ne, jam si ma-nyo]

店員
점원
[jeo-mwon]

您在找什麼嗎？
무엇을 찾으세요?
[mu eo-seul cha-jeu se yo]

精品店
명품 매장
[myeong pum mae jang]

3萬韓幣。
삼만원입니다.
[sam ma-nwo-nim-ni da]

包包
가방
[ga bang]

鑰匙圈
열쇠고리
[yeol soe go ri]

錢包
지갑
[ji gap]

領帶夾
넥타이핀
[nek ta i pin]

這個多少錢？
이거 얼마예요?
[i geo eol ma ye yo]

鞋店
신발 가게
[sin bal ga ge]

鞋子
신발
[sin bal]

拖鞋
슬리퍼
[seul ri peo]

靴子
부츠
[bu cheu]

運動鞋
운동화
[un dong hwa]

皮鞋
구두
[gu du]

增高鞋墊
깔창
[kkal chang]

高跟鞋
하이힐
[ha i hil]

涼鞋
샌들
[saen deul]

可以。
됩니다.
[doem-ni da]

可以試穿嗎？
입어 (신어) 봐도 돼요?
[i-beo (si-neo) bwa do dwae yo]
試穿鞋子時，要加上括號內的動詞。

時尚韓國

패션
[pae syeon]

時尚

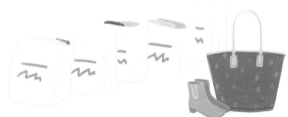

清潭洞時尚街
청담동 패션 거리
[cheong dam dong pae syeon geo ri]
精品名牌時尚街。

東大門時尚城
동대문 패션 타운
[dong dae mun pae syeon ta un]
韓國最大的流行時尚特區與服飾批發商場。

梨大時尚街
이대 패션 거리
[i dae pae syeon geo ri]
年輕女性愛逛的時尚街。

時尚雜誌
패션 잡지
[pae syeon jap-jji]

VOGUE
보그
[bo geu]

ELLE
엘르
[el reu]

CECI
쎄씨
[sse ssi]
韓國本土流行雜誌第一名。

Harper's Bazaar 哈潑時尚
하퍼스 바자
[ha peo seu ba ja]

著名設計師
패션 디자이너
[pae syeon di ja i neo]

安德烈・金
앙드레 김
[ang deu re gim]

韓國時尚教父（1935～2010），是首位在法國舉行時裝秀的韓國設計師，作品融合東西文化特色。

Kimhekim（金海金）
김해김
[gim hae gim]

韓國新秀設計師，混合韓式與法國美學，並創立同名品牌。

高兌溶
고태용
[go tae yong]

韓國品牌Beyond closet 的設計師，當紅偶像喜愛的韓國潮牌。

網紅
왕훙
[wang hong]

孫允珠
손윤주
[son youn ju]

人氣網路服飾模特兒，有「韓國最美網紅」的稱號。

PONY
포니
[po ni]

韓星專屬化妝師與知名美妝YouTuber，除了出書外也有自己的美妝品牌。

SSINNIM
씬님
[ssin nim]

角色扮演與仿妝YouTuber，並開創了同名美妝綜藝頻道。

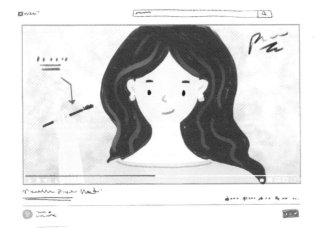

71

- **어서 오세요! 뭘 찾으세요?**
  [eo seo o se yo] [mwol cha-jeu se yo]
  歡迎光臨！請問要找什麼？

- **뭘 도와 드릴까요?**
  [mwol do wa deu ril kka yo]
  需要幫忙嗎？

- **저는 그냥 구경해요.**
  [jeo neun geu nyang gu gyeong hae yo]
  我只是看看。

> **저는 롱 패딩 찾고 있어요.**
> [jeo neun rong pae ding chat-kko i-sseo yo]
> 我在找長版羽絨衣。

- **전통 한복을 맞추려고 하는데요.**
  [jeon tong han bo geul mat chu ryeo go ha neun de yo]
  我想訂做傳統韓服。

- **뭐가 제일 잘 나가요? ／ 뭐가 제일 잘 팔려요?**
  [mwo ga je il jal na ga yo] [mwo ga je il jal pal ryeo yo]
  什麼賣得最好？

> **입어 봐도 돼요?**
> [i-beo bwa do dwae yo]
> 可以試穿嗎？

- **사이즈가 몇이에요?**
  [sa i jeu ga myeo-chi e yo]
  尺寸是多少？

- **색상 코드가 몇이에요?**
  [saek-ssang ko deu ga myeo-chi e yo]
  色號是多少？

- **제 사이즈는 사십이에요.**
  [je sa i jeu neun sa si-bi e yo]
  我的尺寸是40號。

이것은 딱 제 사이즈예요. / 이게 딱 제 사이즈예요.

[i geo-seun ttak je sa i jeu ye yo] [i ge ttak je sa i jeu ye yo]

這剛好是我的尺寸。

- **너무 껴요. / 커요. / 길어요. / 짧아요.**

  [neo mu kkyeo yo] [keo yo] [gi-reo yo] [jjal-ba yo]

  太緊。／太大。／太長。／太短。

- **교환 / 환불 해도 돼요?**

  [gyo hwan / hwan bul hae do dwae yo]

  可以換貨／退貨嗎？

- **이 사이즈 / 색상 다 품절됐어요.**

  [i sa i jeu / saek-ssang da pum jeol dwae-sseo yo]

  這個尺寸／顏色全都缺貨了。

- **재고가 없어요.**

  [jae go ga eop-sseo yo]

  沒有庫存了。

배달비는 얼마예요?

[bae dal bi neun eol ma ye yo]

運費是多少錢？

- **다른 사이즈 / 색상 있어요?**

  [da reun sa i jeu / saek-ssang i-sseo yo]

  有別的尺寸／顏色嗎？

- **파란색 주세요.**

  [pa ran saek ju se yo]

  請給我藍色的。

- **이 주소로 보내 줄 수 있어요?**

  [i ju so ro bo nae jul su i-sseo yo]

  可以幫我寄到這個地址嗎？

- **좀 비싸요~싸게 해 주세요!**

  [jom bi ssa yo] [ssa ge hae ju se yo]

  有點貴耶～算我便宜一點啦！

- **네, 맞습니다.**
  [ne, mat-sseum-ni da]
  是的，沒錯。

- **확실합니다.**
  [hwak-ssil ham-ni da]
  我確定。

- **정말 맞습니다.**
  [jeong mal mat-sseum-ni da]
  絕對沒錯。

- **보장할게요.**
  [bo jang hal ge yo]
  我保證。

- **아니요, 틀립니다.**
  [a ni yo, teul rim-ni da]
  不，不對。

- **틀렸습니다.**
  [teul ryet-sseum ni da]
  你錯了。

- **잘 모르겠습니다.**
  [jal mo reu gat-sseum-ni da]
  我不知道。

- **절대 안 돼요.**
  [jeol dae an doae yo]
  絕對不行。

文化韓國
한국 문화

特色鮮明的韓服與韓屋令人印象深刻，
從傳統文化面來認識韓國，
另有一番樂趣！

文化韓國
역사
[yeok-ssa]

歷史

B.C.2333~B.C.108

古朝鮮時代
고조선시대
[go jo seon si dae]

相傳檀君為朝鮮開國始祖，其後為箕子朝鮮，
是韓國、中國歷史記載的第一個王朝；接下來
則是衛滿朝鮮。

B.C.57~A.D.918

三國時代
삼국시대
[sam guk ssi dae]

三國分別為高句麗（고구려 [go gu ryeo]）、百濟
（백제 [baek-jje]）、新羅（신라 [sil-ra]）以此時
代為背景的戲劇有《太王四神記》、《朱蒙》、
《善德女王》等。

A.D.918~1392

高麗時代
고려시대
[go ryeo si dae]

太祖王建創建了高麗王朝，但後期蒙古干涉內
政而成為其藩屬國。以此時代為背景的戲劇有
《奇皇后》等。

A.D.1392~1897

朝鮮時代
조선시대
[jo seon si dae]

太祖李成桂創建了朝鮮王朝，在此時代世宗大王創
制訓民正音，後期則有日本與女真侵略。以此時代
為背景的戲劇有《王與我》、《王的男人》、《大
長今》、《女人天下》、《明成皇后》等。

A.D.1897~1910

大韓帝國
대한제국
[dae han je guk]

朝鮮王朝高宗時，政權被日本操控，高宗轉而親
俄，並改國號為大韓帝國，同時實行各項改革。

A.D.1910~1945

日據時代
일제강점기
[il je gang jeom gi]

日本強制對韓國實施殖民統治，許多人展開抗日救
國的獨立運動，1919年三一獨立運動後，在上海
成立大韓民國臨時政府，直到1945年日本戰敗、
韓國光復。但此時美、蘇共同掌控韓國，因而分裂
為南、北兩個政權。

A.D.1948至今

大韓民國
대한민국／한국
[dae han min guk / han guk]

自1948年朝鮮半島分裂為南韓（남한 [nam han]）
及北韓（북한 [bu-kan]）一直到現在。

五萬圓
오만원
[o ma-nwon]

韓國紙鈔的最大面額是五萬圓，鈔票上的人物是申師任堂（신사임당 [sin sa im dang]），是朝鮮時代知名的女書畫家，也是五千元紙鈔上人物李珥的母親。

十圓
십원
[si-bwon]

十圓硬幣上的圖案是慶州佛國寺多寶塔（다보탑 [da bo tap]）。

一萬圓
만원
[ma-nwon]

萬圓鈔票上的人物是世宗大王（세종대왕 [se jong dae wang]），他對後世最大的貢獻就是創製了韓文。

五十圓
오십원
[o si-bwon]

五十圓硬幣上的圖案是稻穗（벼이삭 [byeo i sak]）。

五千圓
오천원
[o cheo-nwon]

五千圓鈔票上的人物是李珥（이이 [i i]），是朝鮮時代著名的儒學者、政治家。

一百圓
백원
[bae-kwon]

百圓硬幣上的人物李舜臣（이순신 [i sun sin]），是朝鮮時代著名的武將，發明了稱作龜船的戰船。

一千圓
천원
[cheo-nwon]

千圓鈔票上的人物是李滉（이황 [i hwang]），是朝鮮時代著名的儒學者。

五百圓
오백원
[o bae-gwon]

五百圓硬幣上的圖案是鶴（학 [hak]）。

77

文化韓國

기념일 · 명절

[gi nyeo-mil] [myeong jeol]

紀念日、節日

元旦
신정
[sin jeong]
1月1日。

新年（春節）
설날
[seol-ral]
農曆1月1日。新年時會向親友拜年
（세배 [se bae]），長輩會給小孩壓
歲錢（세뱃돈 [se baet-tton]）。

情人節
발렌타인데이
[bal ren ta in de i]
2月14日。女生會送男生巧克力以表
達心意。

三一節
삼일절
[sa-mil-jjeol]
3月1日。紀念1919年抗日韓國獨立
運動。

白色情人節
화이트데이
[hwa i teu de i]
3月14日。若男生也對女生有意思，
就會在這天回禮。

植樹節
식목일
[sing-mo-gil]
4月5日。

兒童節
어린이날
[eo ri-ni nal]
5月5日。

父母節
어버이날
[eo beo i nal]
5月8日。在韓國母親節和父親節是
同一天一起過的。

顯忠日
현충일
[hyeon chung il]
6月6日。記念殉國先烈之日。

巧克力棒節
빼빼로데이
[ppae ppae ro de i]

11月11日。빼빼로是韓國某品牌巧克力棒的商品名，因數字1跟巧克力棒形狀相似，而成為巧克力棒節。在這天韓國人會互送巧克力棒，作為傳遞愛情和友情的禮物。

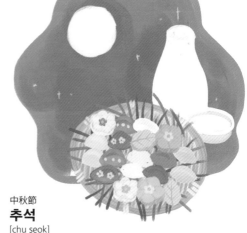

中秋節
추석
[chu seok]

農曆8月15日。在這天家人會齊聚一堂，一起吃松糕（송편 [song pyeon]）。韓國人在新年跟中秋的時候都會舉行祭祀（차례 [cha rye]）儀式來表達感恩庇護。

黑色情人節
블랙데이
[beul raek de i]

4月14日。孤單度過情人節及白色情人節的人們，會在這天吃黑黑的炸醬麵來度過黑色情人節，是不是很有趣呢？

端午節
단오
[da no]
農曆5月5日。

制憲節
제헌절
[je heon jeol]
7月17日。

光復節
광복절
[kwang bok-jjeol]
8月15日。

開天節
개천절
[gae cheon jeol]
10月3日。韓國的國慶日。

韓文節
한글날
[han geul-ral]
10月9日。紀念世宗大王創製韓文。

聖誕節
크리스마스
[keu ri seu ma seu]
12月25日。

文化韓國

한복
[han bok]

韓服

男士韓服
남자 한복
[nam ja han bok]

女士韓服
여자 한복
[yeo ja han bok]

韓服上衣
저고리
[jeo go ri]

衣帶
고름
[go reum]

裙子
치마
[chi ma]

坎肩
조끼
[jo kki]
不帶袖子的上衣。

唐衣
당의
[dang ui]
韓國朝鮮時代的禮服。

長袍
두루마기
[du ru ma gi]

布襪
버선
[beo seon]

褲子
바지
[ba ji]

短掛
마고자
[ma go ja]

한옥
[ha-nok]

韓屋

大門
대문
[dae mun]

院子
마당
[ma dang]

廚房
부엌
[bu eok]

舍廊房
사랑방
[sa rang bang]
指正廳左右兩側的廂房。

主臥室
안방
[an-ppang]

大廳
대청
[dae cheong]

祠堂
사당
[sa dang]
供奉祖先的地方。

暖炕
온돌
[on dol]
韓屋地板下建有火坑，
可使屋子溫暖。

煙囪
굴뚝
[gul-ttuk]

饌房
찬방
[chan bang]
指傳統韓屋的廚房，現代廚
房多用부엌 [bu eok]。

茅草屋
초가집
[cho ga jip]

磚瓦屋
기와집
[gi wa jip]

韓屋住宿
한옥 숙박
[ha-nok suk-ppak]
具有傳統韓國風味的韓屋，在現代也能夠實地體驗居住在其中的感
覺。像是北村韓屋村（북촌한옥마을 [buk chon ha-nok ma eul]）及
南山谷韓屋村（남산골한옥마을 [nam san kkol ha-nok ma eul]）就
是熱門的韓屋住宿景點。

文化韓國

가족
[ga jok]

家族

直系親屬
직계 친족
[jik-kkye chin jok]

爺爺
할아버지
[ha-ra beo ji]

奶奶
할머니
[hal meo ni]

外公
외할아버지
[oe ha-ra beo ji]

外婆
외할머니
[oe hal meo ni]

父親
아버지／아빠
[a beo ji / a ppa]

母親
어머니／엄마
[eo meo ni / eom ma]

兒子
아들
[a deul]

女兒
딸
[ttal]

孫子
손자
[son ja]

孫女
손녀
[son nyeo]

丈夫
남편
[nam pyeon]

妻子
아내
[a nae]

媳婦
며느리
[myeo neu ri]

女婿
사위
[sa wi]

哥哥
형／오빠
[hyeong / o ppa]

男生稱呼哥哥為형；
女生稱呼哥哥為오빠。

嫂嫂
형수
[hyeong su]

弟弟
남동생
[nam dong saeng]

弟妹
제수
[je su]

姊姊
누나／언니
[nu na / eon ni]

男生稱呼姊姊為누나；
女生稱呼姊姊為언니。

姊夫
매형
[me hyeong]

妹妹
여동생
[yeo dong saeng]

妹夫
매부
[me bu]

堂哥、表哥
사촌 형／사촌 오빠
[sa chon hyeong / sa chon o ppa]

堂弟、表弟
사촌 남동생
[sa chon nam dong saeng]

堂姊、表姊
사촌 누나／언니
[sa chon nu na / sa chon eon ni]

堂妹、表妹
사촌 여동생
[sa chon yeo dong saeng]

姪子
조카
[jo ka]

姪女
조카딸
[jo ka ttal]

伯父
큰아버지
[keu-na beo ji]

伯母
큰어머니
[keu-neo meo ni]

叔叔
삼촌／작은아버지
[sam chon / ja-geu-na beo ji]

嬸嬸
숙모／작은어머니
[sung-mo / ja-geu-neo meo ni]

姑姑
고모
[ko mo]

姑丈
고모부
[ko mo bu]

旁系親屬
방계 친족
[bang gye chin jok]

83

文化韓國

연애
[yeo-nae]

戀愛

愛情
애정
[ae jeong]

喜歡
좋아하다
[jo-a ha da]

愛
사랑하다
[sa rang ha da]

約會
데이트
[de i teu]

一見鍾情
첫 눈에 반하다
[cheon nu-ne ban ha da]

手勾手
팔짱 끼다
[pal jjang kki da]

單戀
짝사랑
[jjak-ssa rang]

告白
고백
[go baek]

禮物
선물
[seon mul]

交往
사귀다
[sa gwi da]

紀念日
기념일
[gi nyeo-mil]

七夕
칠석
[chil-sseok]

生日
생일
[saeng il]

浪漫的
로맨틱한／낭만적인
[ro maen ti-kan / nang man jeo-gin]

百日
백일
[bae-gil]

交往滿一百天時，周圍的朋友會送情侶100韓元表示祝
福。以此類推，兩百日送200韓元……一千日就要送1000
韓元囉！

伴侶
커플
[keo peul]

親吻
키스／입맞춤／뽀뽀
[ki seu / im mat chum / ppo ppo]

擁抱
포옹하다／안다
[po ong ha da / an tta]

求婚
프러포즈하다
[peu reo po jeu ha da]

相親結婚
중매 결혼
[jung mae gyeo-ron]

男朋友
남자친구
[nam ja chin gu]
簡稱남친 [nam chin]。

女朋友
여자친구
[yeo ja chin gu]
簡稱여친 [yeo chin]。

戀人
연인／애인
[yeo-nin / ae in]

第三者
제삼자
[je sam ja]

夫婦
부부
[bu bu]

結婚
결혼
[gyeo-ron]

新婚
신혼
[si-non]

離婚
이혼
[i hon]

再婚
재혼
[jae hon]

劈腿
양다리 걸치다
[yang da ri geol chi da]

吵架
싸우다／말다툼하다
[ssa u da / mal da thu ma da]

和好
화해
[hwa hae]

不倫、外遇
불륜／바람피우다
[bul ryun / ba ram pi u da]

甩／被甩
차다／차이다
[cha da / cha i da]

花花公子
바람둥이
[ba ram dung i]

- **한국의 삼대 명절은 설날, 단오, 추석입니다.**
  [han gu-ge sam dae myeong jeo-reul seol-ral, da-no, chu-seo-gim-ni da]
  韓國的三大節日是春節、端午節和中秋節。

- **음력 1월 1일은 설날입니다.**
  한국 사람들이 조상들께 차례를 지내고 성묘를 합니다.
  그리고 세배를 하고 세뱃돈을 받습니다.
  떡국은 설날의 대표적인 음식입니다.
  [eum-nyeok i-rwol i-ri-reun seol-ra-rim-ni da]
  [han guk sa ram deu-ri jo sang deul-kke cha rye reul ji nae go seong myo reul ham-ni da]
  [geu ri go se bae reul ha go se baet-ddo-neul bat-sseum ni da]
  [tteok-kku-geun seol-ra-re dae pyo jeo-gin eum si-gim ni da]
  陰曆1月1日是春節。
  韓國人會祭拜祖先和掃墓。
  也會拜年和給壓歲錢。
  年糕湯是春節代表性的食物。

- **음력 8월 15일은 추석입니다.**
  한국 사람들이 송편을 만들어 먹고 조상들께 차례를 지내고 성묘를 합니다.
  [eum-nyeok pa-rwol si-bo i-reun chu seo-gim-ni da]
  [han guk sa ram deu-ri song pyeo-neul man deu-reo meok-kko jo sang deul kke cha rye reul ji nae go seong myo reul ham ni da]
  陰曆8月15日是中秋節。
  韓國人會製作松糕來吃，並且祭拜祖先和掃墓。

- **한국에서는 생일에 미역국을 끓여 먹으며 가족들과 함께 축하합니다.**
  [han gu-ge seo neun saeng i-re mi yeok-kku-geul kkeu-ryeo meo-geu myeo ga jok deul gwa ham kke chu-ka ham-ni da]
  在韓國，生日時會煮海帶湯來吃，並和家人們一起慶祝。

- **한복은 한민족 전통적인 의복으로 남성 한복은 바지와 저고리,
  여성 한복은 치마와 저고리가 기본입니다.**

  [han bo-geun han min jok jeon tong jeo-gin ui bo-geu ro nam seong han bo-geun ba ji wa jeo go ri, yeo seong han bo-geun chi ma wa jeo go ri ga gi bo-nim-ni da]

  韓服是韓民族的傳統服飾，大致上男性韓服為褲子和短上衣，女性韓服為裙子和短上衣。

- **한국에서 2월14일은 발렌타인데이인데 남자들이 초콜릿 받는 날입니다.
  3월14일은 화이트데이인데 여자들이 사탕 받는 날입니다.**

  [han gu-ge seo i wol sip-ssa i-reun bal ren ta in de i in de nam ja deu-ri cho kol rit ban-neun na-rim ni da]

  [sa-mwol sip-ssa i-reun hwa i teu de i in de yeo ja deul i sa tang ban-neun na-rim-ni da]

  在韓國，2月14日是情人節，男生會收到巧克力。
  3月14日是白色情人節，女生會收到糖果。

- **우리 사귈래요?**

  [u ri sa gwil rae yo]

  我們要不要交往呢？

- **우리 데이트할래요?**

  [u ri de i teu hal rae yo]

  我們要不要約會呢？

- **우리 결혼하자.**

  [u ri gyeo-ro-na ja]

  我們結婚吧！

- **제 여자친구 할래요?**

  [je yeo ja chin gu hal rae yo]

  要不要做我女朋友呢？

- **우리 결혼할까요?**

  [u ri gyeo-ro-nal kka yo]

  我們結婚好嗎？

● **좋네요!**
[jon-ne yo]
這麼好！

● **너무 좋아요.**
[neo mu jo-a yo]
太好了。

● **정말이에요?／정말로요?／정말요?**
[jeong ma-ri e yo] [jeong mal ro yo] [jeong ma-ryo]
是真的嗎？

> **진짜요?／진짜로요?**
> [jin jja yo] [jin jja ro yo]
> 真的？

● **어머! 깜짝이야!**
[eo meo kkam jja-gi ya]
哎呀！

● **너무 기쁘네요!**
[neo mu gi ppeu ne yo]
太開心了！

● **기분이 정말 좋아요!**
[gi bu-ni jeong mal jo-a yo]
心情真的很好！

● **아주아주 기뻐요!**
[a ju a ju gi ppeo yo]
非常非常高興！

● **느낌이 참 좋아요!**
[neu kki-mi cham jo-a yo]
感覺很棒！

● **전 엄청 행복해요.**
[jeon eom cheong haeng bo-kae yo]
我很幸福。

Part 5

美食韓國
한국 음식

辛辣又美味、健康而不油膩，
韓國料理是許多人的最愛！
快來看看還有哪些你沒吃過的美食！

美食韓國

맛
[mat]

味道

酸酸甜甜真好吃！
새콤달콤 참 맛있어요!
[sae kom dal kom cham ma-si-sseo yo]

五味
오미
[o mi]

酸／酸味
시다／신맛
[si da / sin mat]

甜／甜味
달다／단맛
[dal da / dan mat]

苦／苦味
쓰다／쓴맛
[sseu da / sseun mat]

辣／辣味
맵다／매운맛
[maep-tta / mae un mat]

鹹／鹹味
짜다／짠맛
[jja da / jjan-mat]

氣味
냄새
[naem sae]

有腥味
비린내가 나다
[bi rin nae ga na da]

有臭味
냄새가 나다
[naem sae ga na da]

噁心
구역질나다
[gu yeok-jjil na da]

香香的
고소하다
[go so ha da]

爽口、清涼
시원하다
[si wo-na da]

口感
식감
[sik-kkam]

淡
싱겁다
[sing geop-tta]

澀
떫다
[tteol dda]

油膩
느끼하다
[neu kki ha da]

清爽
깔끔하다
[kkal kkeum ha da]

冰涼
차갑다
[cha gap-tta]

燙
뜨겁다
[tteu geop-tta]

微辣
매콤하다
[mae ko-ma da]

大辣
얼큰하다
[eol keun ha da]

육류／고기류
[yung-nyu / go gi ryu]

肉類

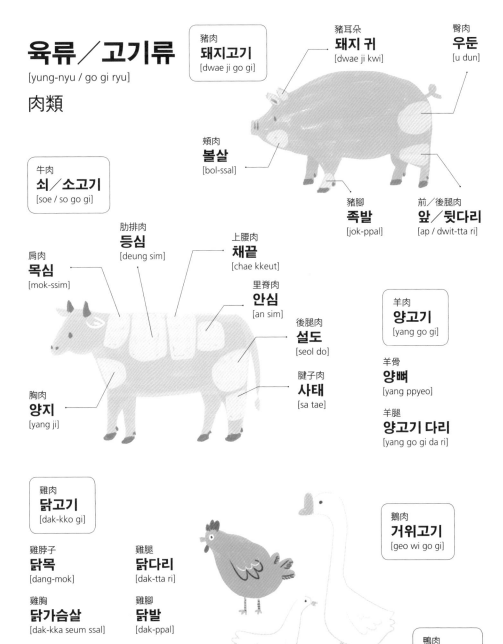

豬肉
돼지고기
[dwae ji go gi]

豬耳朵
돼지 귀
[dwae ji kwi]

臀肉
우둔
[u dun]

頰肉
볼살
[bol-ssal]

牛肉
쇠／소고기
[soe / so go gi]

豬腳
족발
[jok-ppal]

前／後腿肉
앞／뒷다리
[ap / dwit-tta ri]

肋排肉
등심
[deung sim]

上腰肉
채끝
[chae kkeut]

肩肉
목심
[mok-ssim]

里脊肉
안심
[an sim]

羊肉
양고기
[yang go gi]

後腿肉
설도
[seol do]

羊骨
양뼈
[yang ppyeo]

腱子肉
사태
[sa tae]

羊腿
양고기 다리
[yang go gi da ri]

胸肉
양지
[yang ji]

雞肉
닭고기
[dak-kko gi]

鵝肉
거위고기
[geo wi go gi]

雞脖子
닭목
[dang-mok]

雞腿
닭다리
[dak-tta ri]

雞胸
닭가슴살
[dak-kka seum ssal]

雞腳
닭발
[dak-ppal]

雞翅
닭날개
[dang-nal gae]

雞蛋
계란／달걀
[gye ran / dal gyal]

鴨肉
오리고기
[o ri go gi]

美食韓國

해산물／수산물
[hae san mul / su san mul]

海鮮

魚類
생선
[saeng seon]

鮭魚
연어
[yeo-neo]

泥鰍
미꾸라지
[mi kku ra ji]

黃花魚
조기
[jo gi]

鱒魚
송어
[song eo]

鰻魚
장어
[jang eo]

鯰魚
메기
[me gi]

秋刀魚
꽁치
[kkong chi]

鮪魚
참치
[cham chi]

明太魚
명태
[myeong tae]

鯛魚
도미／돔
[do mi / dom]

鱸魚
농어
[nong eo]

鱈魚
대구
[dae gu]

旗魚
황새치
[hwang sae chi]

軟體類
연체류
[yeon che ryu]

蛤蜊
조개
[jo gae]

文蛤
대합
[dae hap]

鮑魚
전복
[jeon bok]

白帶魚
갈치
[gal chi]

魷魚
오징어
[o jing eo]

鯖魚
고등어
[go deung eo]

甲殼類
갑각류
[gap-kkang-nyu]

章魚
문어
[mu-neo]

海參
해삼
[hae sam]

牡蠣
굴
[gul]

扇貝
가리비
[ga ri bi]

龍蝦
가재
[ga jae]

螃蟹
게
[ke]

蝦
새우
[sae u]

海膽
성게
[seong ge]

美食韓國

요리
[yo ri]

烹飪

烹調方式
요리 방식
[yo ri bang sik]

醃／醃菜
절이다／절임
[jeo-ri da / jeo-rim]

拌／涼拌菜
비비다／비빔
[bi bi da / bi bim]

煮
익히다／끓이다
[i-ki da / kkeu-ri da]

蒸
찌다
[jji da]

炒
볶다
[bok-tta]

燉
고다
[go da]

炸
튀기다
[twi gi da]

煎
부치다
[bu chi da]

翻面
뒤집다
[twi jip-tta]

燒焦
타다
[ta da]

烤
굽다
[gup-tta]

汆燙
데치다
[de chi da]

切
자르다
[ja reu da]

剁碎
다지다／썰다
[da ji da / sseol da]

備料
재료 준비
[jae ryo jun bi]

撒
뿌리다
[ppu ri da]

削
벗기다／깎다
[beot-kki da / kkat-tta]

磨
갈다
[gal da]

調味
양념하다
[yang nyeo-ma da]

辣椒醬
칠리소스
[chil ri so seu]

芥末醬
겨자소스
[gyeo ja so seu]

味精
미원
[mi won]

糖
설탕
[seol tang]

黑糖
흑설탕
[heuk-sseol tang]

鹽
소금
[so geum]

醋
식초
[sik cho]

加醋辣椒醬
초고추장／초장
[cho go chu jang / cho jang]

番茄醬
토마토케첩
[to ma to ke cheop]

醬油
간장
[gan jang]

韓式豆瓣醬／大醬
된장
[toen jang]

韓式辣椒醬
고추장
[go chu jang]

低筋麵粉
박력 밀가루
[bak ryeok mil ga ru]

中筋麵粉
중력 밀가루
[jung ryeok mil ga ru]

高筋麵粉
강력 밀가루
[gang ryeok mil ga ru]

밀가루

粉類
가루류
[ga ru ryu]

太白粉
녹말가루
[nong-mal ga ru]

地瓜粉
고구마 가루
[go gu ma ga ru]

麵包粉
빵가루
[ppang ga ru]

食用油
식용유
[si-gyong-nyu]

沙拉油
샐러드유
[sael reo deu yu]

花生油
땅콩기름
[ttang kong gi reum]

香油
참기름
[cham gi reum]

橄欖油
올리브기름
[o ri beu gi reum]

辣椒粉
고춧가루
[go chut-gga ru]

胡椒粉
후춧가루
[hu chut-gga ru]

美食韓國
식당／레스토랑
[sik-ddang / re seu to rang]

餐廳

韓式料理
한국요리
[han gung-nyo ri]

泡菜鍋
김치찌개
[gim chi jji gae]

大醬鍋
된장찌개
[doen jang jji gae]

嫩豆腐鍋
순두부찌개
[sun du bu jji gae]

狗肉
개고기
[gae go gi]

韓國流傳吃狗肉是一種養氣強身
的食補法，通常夏天食用。他們
將狗肉湯稱作보신탕 [bo sin tang]
（補身湯）或영양탕[yeong yang
tang]（營養湯）。

辣炒章魚蓋飯
낙지덮밥
[nak-jji deop-ppap]

湯冷麵
물냉면
[mul nang myeon]

拌冷麵
비빔냉면
[bi bim naeng myeon]

石鍋拌飯
돌솥비빔밥
[dol-ssot bi bim ppap]

麵
국수／면
[guk-ssu / myeon]

炒碼麵／辣海鮮麵
짬뽕
[jjam ppong]

炸醬麵
자／짜장면
[ja / jja jang myeon]

麵疙瘩
수제비
[su je bi]

刀削麵
칼국수
[kal guk-ssu]

泡菜煎餅
김치전
[gim chi jeon]

南瓜煎餅
호박전
[ho bak-jjeon]

蔥煎餅
파전
[pa jeon]

海鮮煎餅
해물전
[hae mul jeon]

烤魚
생선구이
[saeng seon gu i]

部隊鍋
부대찌개
[bu dae jji gae]

白米飯
백반／공기밥
[baek-ppan / gong gi-ppap]

韓式套餐／韓定食
한정식
[han jeong sik]

辣炒章魚
낙지볶음
[nak-jji bo-kkeum]

辣炒雞肉
닭갈비
[dak-kkal bi]

紅燒魚
생선찜
[saeng seon jjim]

烤排骨
불갈비
[bul gal bi]

烤肉
불고기
[bul go gi]

燉排骨
갈비찜
[gal bi jjim]

海鮮湯
해물탕
[hae mul tang]

牛排骨湯
갈비탕
[gal bi tang]

蔘雞湯
삼계탕
[sam gye tang]

海帶湯
미역국
[mi yeok-kkuk]

雪濃湯／牛骨湯
설렁탕
[seol reong tang]

中式料理
중국요리
[jung guk yo ri]

炒飯
볶음밥
[bo-kkeum ppap]

蛋炒飯
계란볶음밥
[gye ran bo-kkeum bap]

蝦仁炒飯
새우볶음밥
[sae u bo-kkeum bap]

肉包
고기만두
[go gi man du]

菜包
야채만두
[ya chae man du]

什錦飯
잡채밥
[jap chae bap]

八寶菜
팔보채
[pal bo chae]

拉麵
라면
[ra myeon]

麻婆豆腐
마파두부
[ma pa du bu]

紅燒肉
고기찜
[go gi jjim]

臭豆腐
취두부
[chui du bu]

蚵仔麵線
굴국수
[gul guk-ssu]

糖醋排骨
탕수육
[tang su yuk]

粥
죽
[juk]

牛肉麵
우육면
[u yuk myeon]

飯
밥
[bap]

小籠包
샤오롱빠오
[sya o rong ppa o]

北京烤鴨
북경오리
[buk-kkyeong o ri]

炒青菜
채소볶음
[chae so bo-kkeum]

麻辣火鍋
마라휘궈
[ma ra hwo gwo]

餃子
만두／교자
[man du / gyo ja]

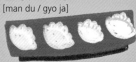

西式料理
서양요리
[seo yang yo ri]

吐司
토스트
[to seu teu]

薯條
감자튀김
[gam ja twi gim]

炸雞
프라이드치킨
[peu ra i deu chi kin]

漢堡
햄버거
[haem beo geo]

火腿
햄
[haem]

三明治
샌드위치
[saen deu wi chi]

沙拉
샐러드
[sael reo deu]

法國麵包
프랑스빵
[peu rang seu ppang]

湯
수프
[su peu]

義大利麵
스파게티
[seu pa ge ti]

大蒜麵包
마늘빵
[ma neul ppang]

豬排
폭찹스테이크
[pok chap seu te i keu]

牛排
스테이크
[seu te i keu]

羊肋排
양 갈비 스테이크
[yang gal bi seu te i keu]

其他異國料理
기타 나라 요리
[gi ta na ra yo ri]

台灣料理
대만요리
[dae man yo ri]

越南河粉
베트남 쌀국수
[be teu nam ssal guk-ssu]

烏龍麵
우동
[u dong]

法式料理
프랑스요리
[peu rang seu yo ri]

廣東料理
광동요리
[gwang dong yo ri]

泰式炒金邊粉
팟타이
[pat ta i]

炸豬排
돈가스
[don kka seu]

泰式料理
태국요리
[tae guk yo ri]

日式料理
일본요리
[il bon yo ri]

日式味噌拉麵
미소라멘
[mi so ra men]

義式料理
이태리요리
[i tae ri yo ri]

德國料理
독일요리
[do-gil yo ri]

咖哩飯
카레라이스
[ka re ra i seu]

印度料理
인도요리
[in do yo ri]

墨西哥料理
멕시코요리
[mek-ssi ko yo ri]

煎餃
야끼만두／군만두
[ya kki man du / gun man du]

越式春捲
월남쌈
[wol nam ssam]

泰式酸辣湯
똠양꿍
[ttom yang kkung]

生魚片
생선회
[saeng seon hoe]

鰻魚飯
장어덮밥
[jang eo deop-ppap]

蕎麥麵
메밀국수
[me mil guk-ssu]

日式壽司
초밥
[cho bap]

蛋包飯
오무라이스
[o mu ra i seu]

美食韓國

배달 음식
[bae dal eum sik]

外送食物

炸雞
치킨
[chi kin]

肯德基
켄터키치킨
[ken teo ki chi kin]

橋村炸雞
교촌치킨
[gyo chon chi kin]
韓國知名的炸雞連鎖店。

炸雞外送服務
치킨 배달
[chi kin bae dal]

原味炸雞
후라이드치킨
[hu ra i deu chi kin]

蒜味炸雞
마늘소스 치킨
[ma neul so seu chi kin]

超辣烤雞
불닭
[bul dak]

整隻
한 마리
[han ma ri]

醬醃炸雞
양념치킨
[yang nyeom chi kin]

糖醋脆雞
닭강정
[dak kkang jeong]

醬油口味炸雞
간장소스 치킨
[gan jang so seu chi kin]

半隻
반 마리
[ban ma ri]

辣味醬醃炸雞
매운 양념치킨
[mae un yang nyeom chi kin]

脆皮辣味炸雞
핫 그리피스 치킨
[hat keu ri pi seu chi kin]

家庭號桶餐
패밀리세트
[pae mil ri se teu]

燻烤
훈제 바베큐
[hun je ba be kyu]

披薩
피자
[pi ja]

披薩先生（Mr. Pizza）
미스터피자
[mi seu teo pi ja]
韓國知名連鎖披薩店，口味也偏韓式風格。

必勝客
피자헛
[pi ja heot]

海鮮披薩
해물피자
[hae mul pi ja]

臘腸披薩
페페로니 피자
[pe pe ro ni pi ja]

鳳梨披薩
파인애플 피자
[pa i-nae peul pi ja]

蔬菜披薩
야채 피자
[ya chae pi ja]

烤肉披薩
불고기 피자
[bul go gi pi ja]

地瓜披薩
고구마 피자
[go gu ma pi ja]

總匯披薩
슈퍼 콤비네이션 피자
[syu peo kom bi ne i syeon pi ja]

副食
사이드 메뉴
[sa i deu me nyu]

糖醋肉
탕수육
[tang su yuk]

醃黃瓜
오이피클
[o i pi keul]

起司馬鈴薯
치즈포테이토
[chi jeu po te i to]

忙了一整晚，好餓啊！來叫宵夜吧！
밤새 일했더니 배가 고파요! 야식 시켜 먹어요!
[bam sae i-raet-tteo ni bae ga go pa yo] [ya sik si kyeo meo geo yo]

餐具
식기
[sik-kki]

筷子
젓가락
[jeot-kka rak]

湯匙
숟가락
[sut-kka rak]

盤子
접시
[jeop-ssi]

碗
그릇／공기
[geu reut / gong gi]

水杯
물컵
[mul keop]

101

美食韓國

분식／간식
[bun sik / gan sik]

小吃

油炸
튀김
[twi gim]

炸番薯
고구마 튀김
[go gu ma twi gim]

熱狗
핫도그
[hat-tto geu]

馬鈴薯熱狗
감자 핫도그
[gam ja hat-tto geu]
常見的街邊小吃，將熱狗裹粉
再沾上波浪薯條下鍋油炸。

薯條
포테이토칩
[po te i to chip]

點心
간식
[gan sik]

糖餅
호떡
[ho tteok]
在麵糰中包入黑糖、花生、肉
桂粉等甜的餡料，再用油煎的
路邊攤熱食小吃。

煎製
부침
[bu chim]

馬鈴薯球
통감자
[tong gam ja]

香腸
소시지
[so si ji]

烤製
구이
[gu i]

雞肉串
닭꼬치
[dak-kko chi]

鯛魚燒
붕어빵
[bung eo ppang]

雞蛋糕
계란빵
[gye ran ppang]

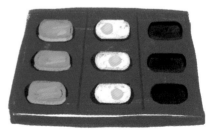

燉煮
찜
[jjim]

蠶蛹
번데기
[beon de gi]

路邊攤常見的小吃，外表看起來雖然有點可怕，但富含高蛋白質，也可說是一項美容聖品。

魚漿條
핫바／어묵／꼬치
[hat-ppa / eo muk / kko chi]

關東煮、黑輪
오뎅／어묵
[o deng / eo muk]

豬血腸
순대
[sun dae]

炒製
볶음
[bo-kkeum]

辣炒年糕
떡볶이
[tteok-ppo-kki]

米食
쌀 요리
[ssal yo ri]

紫菜飯捲
김밥
[gim-ppap]

爆米餅
뻥튀기
[ppeong twi gi]

大嬸，請給我一人份辣炒年糕。
아줌마, 떡볶이 일인분 주세요.
[a jum ma,tteok-ppo-kki i-rin-bun ju se yo]

要幫你包起來嗎？
포장해 드릴까요?
[po jang hae deu ril kka yo]

是的，幫我包起來。
네, 포장해 주세요.
[ne, po jang hae ju se yo]

不用，我在這邊吃了再走。
아니요, 먹고 갈게요.
[a ni yo, meok-kko gal-gge yo]

好的，謝謝。
네, 감사합니다.
[ne, gam sa ham-ni da]

路邊攤
포장집／포장마차
[po jang jjip / po jang ma cha]

美食韓國

디저트／후식
[di jeo teu / hu sik]

甜點

西式糕點
서양과자
[seo yang gwa ja]

蛋糕
케이크
[ke i keu]

甜甜圈
도넛
[do neot]

鬆餅
와플／핫케이크
[wa peul / hat ke i keu]

麵包
빵
[ppang]

貝果
베이글 빵
[be i geul ppang]

泡芙
크림퍼프과자
[keu rim peo peu gwa ja]

蛋塔
에그 타르트
[e geu ta reu teu]

餅乾
쿠키／과자
[ku ki / gwa ja]

提拉米蘇
티라미수
[ti ra mi su]

爆米花
팝콘
[pap kon]

布丁
푸딩
[pu ding]

蘋果派
애플파이
[ae peul pa i]

冰淇淋
아이스크림
[a i seu keu rim]

巧克力
초콜릿
[cho kol rit]

南瓜派
호박 파이
[ho bak pa i]

松糕
송편
[song pyeon]
用糯米製成的韓國傳統點心。外型
通常為半月型或貝殼型，會在裡面
包入芝麻、紅豆、栗子等餡料。

甜紅豆粥
단팥죽
[dan pat-jjuk]
韓國人在冬至會食用鹹中
帶甜的紅豆粥，裡面放有
小湯圓，也有些地方的人
會吃紅豆刀削麵。

紅豆剉冰
팥빙수
[pat-pping su]

韓菓
한과
[han gwa]
韓菓是韓國傳統糕點的統
稱，通常搭配韓國傳統茶
一起食用，也是韓國人祭
拜時經常會出現的供品。

八寶飯
약밥
[yak-ppap]

糖果
캔디
[kaen di]

軟糖／果凍
젤리
[jel ri]

牛奶糖
밀크캐러멜
[mil keu kae reo mel]

南瓜粥
호박죽
[ho bak-jjuk]

糕
떡
[tteok]

棒棒糖
막대 사탕
[mak-ttae sa tang]

Part 5

美食韓國

음료(수)
[eum nyo (su)]

飲料

咖啡
커피
[keo pi]

健康飲品
건강 음료
[geon gang eum-nyo]

乳製飲品
유제품
[yu je pum]

豆漿／豆奶
두유
[du yu]

蔬果汁
야채즙
[ya chae jeup]

果汁
주스
[ju seu]

牛奶
우유
[u yu]

奶茶
밀크티
[mil keu ti]

珍珠奶茶
버블티
[beo beul ti]

熱可可
핫코코아
[hat ko ko a]

香蕉牛奶
바나나우유
[ba na na u yu]

義式濃縮
에스프레소
[e seu peu re so]

卡布奇諾
카푸치노
[ka pu chi no]

瑪奇朵
마키아토
[ma ki a to]

咖啡牛奶
커피우유
[keo pi u yu]

拿鐵
카페라떼
[ka pe ra tte]

美式咖啡
아메리카노
[a me ri ka no]

糖
설탕
[seol tang]

奶精
크림
[keu rim]

焦糖
캐러멜
[kae reo mel]

106

含糖飲料
단 음료
[dan eum-nyo]

甜米露／食醯
식혜
[si-kye]

將米蒸熟後加入麥芽水發
酵，再加入白糖、生薑等製
成，是韓國人去汗蒸幕時經
常會點的飲料。

運動飲料
스포츠 음료
[seu po cheu eum-nyo]

汽水
사이다
[sa i da]

可樂
콜라
[kol ra]

冰沙
슬러쉬
[seul reo si]

韓國傳統茶
한국 전통차
[han guk jeon tong cha]

玉米鬚茶
옥수수차
[ok-ssu su cha]

人蔘茶
인삼차
[in sam cha]

水
물
[mul]

礦泉水
생수
[saeng su]

氣泡水
탄산수
[tan san su]

茶
차
[cha]

綠茶
녹차
[nok cha]

紅茶
홍차
[hong cha]

烏龍茶
우롱차
[u rong cha]

酒
술
[sul]

馬格利米酒
막걸리
[mak-kkeol-ri]

用米發酵製成，帶有
微微甜味的濁酒，酒
精濃度6-8%。

罐裝啤酒
캔맥주
[kaen maek-jju]

燒酒
소주
[so ju]

除了一般的燒酒，還有許
多不同口味可選擇，像是
芒果燒酒、櫻桃燒酒、檸
檬燒酒等。

啤酒
맥주
[maek-jju]

葡萄酒
포도주／와인
[po do ju / wa in]

雞尾酒
칵테일
[kak te il]

107

美食韓國

전통 시장
[jeon tong si jang]

傳統市場

大嬸，蘋果一個多少錢？
아줌마, 사과 하나에 얼마예요?
[a jum ma, sa gwa ha na e eol ma ye yo]

一個1千韓幣。
하나에 천원입니다.
[ha na e cheo-nwo-nim-ni da]

水果
과일
[gwa il]

水果行
과일가게
[gwa il ga ge]

蘋果	鳳梨	西瓜	柳橙	芒果	李子
사과	**파인애플**	**수박**	**오렌지**	**망고**	**자두**
[sa gwa]	[pa in ae peul]	[su bak]	[o ren ji]	[mang go]	[ja du]
梨子	桃子	草莓	檸檬	奇異果	香瓜
배	**복숭아**	**딸기**	**레몬**	**키위**	**참외**
[bae]	[bok-ssung a]	[ttal gi]	[re mon]	[ki wi]	[cha-moe]
葡萄	香蕉	橘子	哈密瓜	柿子	櫻桃
포도	**바나나**	**귤**	**멜론**	**감**	**버찌／체리**
[po do]	[ba na na]	[gyul]	[mel ron]	[gam]	[beo jji / che ri]

一斤多少錢？
한 근에 얼마입니까?
[han geu-ne eol ma im-ni-kka]

請給我一斤。
한 근 주세요.
[han geun ju se yo]

青蔥 **파** [pa]	南瓜 **호박** [ho bak]	馬鈴薯 **감자** [gam ja]	地瓜 **고구마** [go gu ma]	玉米 **옥수수** [ok-ssu su]	蔬菜 **야채／채소** [ya chae / chae so]
小黃瓜 **오이** [o i]	高麗菜 **양배추** [yang bae chu]	番茄 **토마토** [to ma to]	薑 **생강** [saeng gang]	金針菇 **팽이버섯** [paeng i beo seot]	香菇 **표고버섯** [pyo go beo seot]
白菜 **배추** [bae chu]	花椰菜 **브로콜리** [beu ro kol ri]	茄子 **가지** [ga ji]	蘿蔔 **무** [mu]	紅蘿蔔 **당근** [dang geun]	蘆筍 **아스파라거스** [a seu pa ra geo seu]

美食韓國

슈퍼마켓
[syu peo ma ket]

超級市場

乳製品
유제품
[yu je pum]

罐頭食品
캔식품
[kaen sik pum]

加工食品
가공식품
[ga gong sik pum]

試吃區
시식코너
[si sik ko neo]

冷凍食品
냉동식품
[naeng dong sik pum]

↓ 30%

農水產品
농수산물
[nong su san mul]
農產品（농산물 [nong san mul]）、林產品
（임산물 [im san mul]）、畜產物（축산물
[chuk san mul]）、水產物（수산물 [su san
mul]）的統稱。

海產食品
생선 식품
[saeng seon sik pum]

製造日期
제조날짜／제조일
[je jo nal jja / je jo il]

泡麵
라면
[ra myeon]

零食
스낵／간식
[seu naek / gan sik]

有效期限
유효기간／유통기간
[yu hyo gi gan / yu tong gi gan]

電子產品
전자제품
[jeon ja je pum]

生活用品
생활용품
[saeng hwal yong pum]

清潔用品
청소용품
[cheong so yong pum]

結帳
계산
[gyae san]

會員卡
회원카드
[hoe won ka deu]

價錢
가격／값
[ga gyeok / gap]

收銀員
수납원／수금원／캐셔
[su na-bwon / su geu-mwon / kae syeo]

收銀機
계산대／카운터
[gye san dae / ka un teo]

收據
영수증
[yong su jeung]

條碼
바코드
[ba ko deu]

塑膠袋
비닐봉지
[bi nil bong ji]

顧客
고객／손님
[go gaek / son nim]

購物袋
쇼핑백
[syo ping-baek]

購物籃
장바구니
[jang ba gu ni]

購物清單
쇼핑 리스트
[syo ping ri seu teu]

購物推車
카트
[ka teu]

打折
디스카운트／할인 판매
[di seu ka un teu / ha-rin pan mae]

特賣品
특매품／특가품
[teung-mae pum / teuk-kka pum]

김치찌개 잘하는 식당이 있어요?
[gim chi jji gae ja-ra-neun sik-ttang i i-sseo yo]
有泡菜鍋做得好吃的餐廳嗎？

어서 오세요! 몇 분이세요?
[eo seo o se yo] [myeot-ppu-ni se yo]
歡迎光臨！請問幾位？

한 명이요. ／둘이요.
[han myeong i yo] [du-ri yo]
一位／兩位。

여기요! 메뉴판 좀 보여 주세요.
[yeo gi yo] [me nyu pan jom bo yeo ju se yo]
（呼喚服務員）不好意思！請給我看一下菜單。

중국어 메뉴판 있어요?
[jung gu-geo me nyu pan i-sseo yo]
有中文菜單嗎？

이거 하나 주세요.
[i-geo ha na ju se yo]
（指著菜單）請給我一份這個。

어떤 요리가 안 매워요?
[eo-tteon yo ri ga an mae wo yo]
哪種料理是不辣的？

잠깐만 기다려 주세요.
[jam kkan man gi da ryeo ju se yo]
請稍等一下。

요리가 아직 안 나왔는데요.
[yo ri ga a jik an na wan-neun de yo]
菜還沒上耶。

- **잘 먹겠습니다.**
  [jal meok-kket-sseum-ni da]
  我要開動了。

  맛있겠어요／맛있어 보여요!
  [ma-sit-kke-sseo yo] [ma-si-sseo bo yeo yo]
  看起來很好吃！

- **잘 먹었습니다.**
  [jal meo-geot-sseum-ni da]
  我吃飽了。

- **맛이 어때요?**
  [ma-si eo ttae yo]
  味道如何？

- **맛있어요.／맛없어요.／너무 매워요.／너무 싱거워요.**
  [ma-si-sseo yo] [ma-deop-sseo yo] [neo mu mae wo yo] [neo mu sing geo wo yo]
  好吃。／不好吃。／太辣了。／太清淡了。

- **안 맵게／더 맵게 만들어 주세요.**
  [an maep-kke / deo maep-kke man deu-reo ju se yo]
  請幫我做不辣的／更辣一點的。

- **반찬／물／상추／공기밥 좀 더 주세요.**
  [pan chan / mul / sang chu / gong gi bap jom deo ju se yo]
  請再給我小菜／水／生菜／白飯。

- **막걸리 한 병 주세요.**
  [mak-kkeol ri han byeong ju se yo]
  請給我一瓶馬格利酒。

  계산해 주세요.
  [gye sa-nae ju se yo]
  請幫我結帳。

- **카드로 계산해도 괜찮아요?**
  [ka deu ro gye sa-nae do gwean cha-na yo]
  可以用信用卡結帳嗎？

- **말도 안 돼요!**
  [mal do an doae yo]
  真不像話！

- **어이가 없네요!／할 말이 없어요!**
  [eo i ga eom-ne yo / hal ma-ri eop-sseo yo]
  真是無言！

- **정말 지겨워요!**
  [jeong mal ji gyeo wo yo]
  真煩！（同樣事情一直反覆時）

- **정말 짜증나요!**
  [jeong mal jja jeong na yo]
  真煩！（生氣時）

- **더 이상 참을 수 없어요.**
  [deo i sang cha-meul su eop-sseo yo]
  我沒法再忍受了。

너무 시끄러워요!／시끄러워 죽겠어요!
[neo mu si kkeu reo wo yo / si kkeu reo wo juk-kke-sseo yo]
太吵了！／吵死了！

- **관심이 없어요.**
  [gwan si-mi eop-sseo yo]
  沒興趣。

- **별로 안 좋아해요.**
  [byeol ro an jo-a hae yo]
  不太喜歡。

- **마음에 안 들어요.**
  [ma eu-me an deu-reo yo]
  不喜歡。

- **싫어요.**
  [si-reo yo]
  討厭。

- **미워요.**
  [mi wo yo]
  厭惡。

Part 6

度假韓國
즐거운 한국 여행

若想去韓國度過一個開心的假期，
不只有自然美景可欣賞，
更少不了狂歡享樂的好去處！

度假韓國

여행 준비하기

[yeo haeng jun bi ha gi]

旅行前的準備

隨身行李
수하물
[su ha mul]

機票
비행기 티켓
[bi haeng gi ti ket]

簽證
비자
[bi ja]

相機
카메라
[ka me ra]

電池
배터리
[bae teo ri]

護照
여권
[yeo ggwon]

國外旅行
해외여행
[hae woe yeo haeng]

國內旅行
국내여행
[gung-nae yeo haeng]

出發
출발
[chul bal]

抵達
도착
[do chak]

確認天氣
날씨를 확인하다
[nal ssi reul hwa-gin ha da]

在出發前確認旅行地的天氣狀況，
才能夠準備最適合穿的衣服。

壓縮袋
압축 봉지
[ap chuk bong ji]

換洗衣物
갈아입을 옷
[ga-ra i-beul ot]

充電器
충전기
[chung jeon gi]

充電線
충전 케이블
[chung jeon ke i beul]

手機
핸드폰／휴대폰
[haen deu pon / hyu dae pon]

托運行李
위탁 수하물
[wi tak su ha mul]

三腳架
삼각대
[sam gak-ttae]

免洗內褲
일회용 속옷
[i-roe yong so-got]

免洗襪
일회용 양말
[i-roe yong yang mal]

睡衣
잠옷／파자마
[ja-mot / pa ja ma]

變壓器
변압기
[byeo-nap-kki]

韓國的電壓是220伏特，跟台灣的
110伏特不同，手機跟相機需要充
電時，除了轉換插頭外，一定要
確認充電器是否支援220伏特的電
壓，不然就需要準備變壓器喔！

旅行箱
트렁크
[teu reong keu]

旅行袋
여행 가방
[yeon haeng ga bang]

應急藥品
응급약
[eung geum-nyak]

基本的藥物如助消化劑（消
化劑 [so hwa je]）、OK繃
（밴드 [baen deu]）等。

套裝行程
패키지여행
[pae ki ji yeo haeng]

遊覽車
관광버스
[gwan gwang beo seu]

旅行社
여행사
[yeo haeng sa]

行程路線
코스
[ko seu]

領隊
인솔자
[in sol ja]

導遊
가이드／관광안내원
[ga i deu / gwan gwang an nae won]

自由行
자유여행
[ja yu yeo haeng]

導覽書
가이드북／안내서
[ga i deu buk / an nae seo]

地圖
지도
[ji do]

國際駕照
국제운전면허증
[guk-jje un jeon myeo-neo jjeung]

背包
배낭
[bae nang]

匯率
환율
[hwa-nyul]

韓幣
한화
[han hwa]

換錢
환전
[hwan jeon]

現金
현금
[hyeon geum]

信用卡
신용 카드
[si-nyong ka deu]

度假韓國

숙박
[suk-ppak]

住宿

請問附近有機場巴士站嗎？
이 근처에 공항버스 정류장이 있습니까?
[i geun cheo e gong hang beo seu jeong-nyu jang i it-sseum-ni kka]

請幫我叫計程車。
택시 좀 불러 주세요.
[taek-ssi jom bul reo ju se yo]

飯店
호텔
[ho tel]

旅館
여관
[yeo gwan]

民宿
민박
[min bak]

渡假村
리조트
[ri jo teu]

青年旅館
유스호스텔／게스트하우스
[yu seu ho seu tel / ge seu teu ha u seu]

線上訂房
온라인 호텔 예약
[on ra in ho tel ye yak]

預約	房型	雙床房
예약	**객실 종류**	**트윈룸**
[ye yak]	[gaek-ssil jong-nyu]	[teu win rum]

取消	單人房	商務套房
취소	**싱글룸**	**스위트룸**
[chwi so]	[sing geul rum]	[seu wi teu rum]

日期	雙人房	總統套房	附早餐
날짜	**더블룸**	**프레지던트 스위트룸**	**아침 식사 제공**
[nal jja]	[deo beul rum]	[peu re ji deon teu seu wi teu rum]	[a chim sik-ssa je gong]

大廳
로비
[ro bi]

早餐券
조식권
[jo sik-kkwon]

請問幾點可以辦入住手續呢？
몇 시에 체크인할 수 있나요?
[myeot-ssi e che keu in hal-ssu in-na yo]

行李寄放
짐 맡기기
[jim mat-kki gi]

辦理住房
체크인
[che keu in]

鑰匙
열쇠 / 키
[yeol soe / ki]

辦理退房
체크아웃
[che keu a ut]

房卡
방카드 / 방키
[bang ka deu / bang ki]

房間號碼
룸넘버
[rum neom beo]

櫃檯
카운터
[ka un teo]

請問幾點必須退房呢？
몇 시에 체크아웃 해야 하나요?
[myeot-ssi e che keu a ut hae ya ha na yo]

房間
객실
[gaek-ssil]

房間裡有網路嗎？
방에서 인터넷을 사용할 수 있나요?
[bang e seo in teo ne-seul sa yong hal ssu in na yo]

空調
에어컨
[e eo keon]

備品
비품
[bi pum]

韓國為倡導環保，大部分旅館都沒有準備牙膏、牙刷等用品，若不想到當地再買，就要記得自備。

毛巾
타월
[ta wol]

保險櫃
귀중품 보관함
[gwi jung pum bo gwan ham]

衣架
옷걸이
[ot-kkeo-ri]

客房服務
룸서비스
[rum seo bi seu]

按摩浴缸
월풀 욕조
[wol pul yok-jjo]

浴袍
목욕가운
[mo-gyok ga un]

拖鞋
슬리퍼
[seul ri peo]

叫醒服務（Morning Call）
모닝콜
[mo ning kol]

度假韓國

야경관광
[ya kyeon gwan gwang]

看夜景

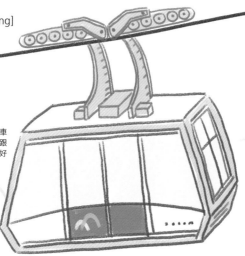

纜車
케이블카
[ke i beul ka]

搭乘纜車能夠盡收南山美景，纜車票分為單程（편도 [pyeon do]）跟往返（왕복 [wang bok]），體力好的人也可以用步行的哦！

八角亭
팔각정
[pal gak-jjeong]

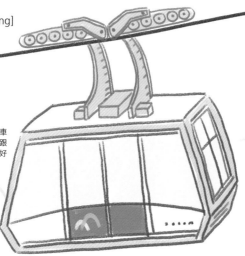

愛情瓷磚
사랑의 타일
[sa rang e ta il]

在首爾塔內有一片牆上貼滿了寫上密密麻麻文字的瓷磚，是情侶們表達心意的方式，首爾塔被稱為約會勝地一點也不為過呢！

展望台
전망대
[jeon mang dae]

首爾塔上的展望台能夠將璀璨夜景一覽無遺，在可環視360度景色的玻璃上，以方位分別寫上了首爾塔與世界各城市的距離。到首爾塔觀光時記得找找台北在哪裡哦！

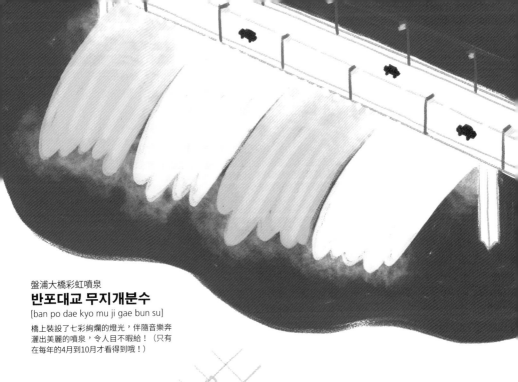

盤浦大橋彩虹噴泉
반포대교 무지개분수
[ban po dae kyo mu ji gae bun su]

橋上裝設了七彩絢爛的燈光，伴隨音樂奔瀉出美麗的噴泉，令人目不暇給！（只有在每年的4月到10月才看得到哦！）

掛上愛情鎖
자물쇠를 걸다
[ja mul soe reul geol da]

愛情鎖
사랑의 자물쇠
[sa rang e ja mul soe]

情侶們都會在露台欄杆上面掛上被稱為愛情鎖的鎖頭，象徵兩人愛情長長久久。

63大樓
63빌딩
[yuk-ssam bil ding]

63大樓因有63層樓而得名，是首爾著名的夜景景點之一。特別的是，在大樓裡竟然有一個水族館！不管白天或晚上都是個觀光的好去處。

泰迪熊博物館
테디베어 뮤지엄
[te di be eo myu ji eom]

位於N首爾塔旁的韓國三大泰迪熊博物館之一，館中以泰迪熊為主角來介紹首爾。透過可愛的泰迪熊，不僅是韓國遊客，也更能讓外國遊客了解到首爾從古到今的蛻變，讓人對於推廣歷史文化不遺餘力的韓國感到佩服！

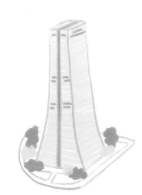

度假韓國

해변관광
[hae byeon gwan gwang]

去海邊

海邊
해변／바닷가
[hae byeon / ba dat-kka]

太陽
태양／해
[tae yang / hae]

陽光
햇빛／햇살
[haet-ppit / haet-ssal]

海浪
파도
[pa do]

大海
바다
[ba da]

日光浴
일광욕
[il gwang-nyok]

沙子
모래
[mo rae]

貝殼
조개껍데기
[jo gae kkeop-tte gi]

遮陽傘
비치파라솔
[bi chi pa ra sol]

涼鞋
샌들
[saen deul]

草帽
밀짚 모자
[mil jip mo ja]

太陽眼鏡
선글라스
[seon geul ra seu]

游泳
수영
[su yeong]

比基尼
비키니
[bi ki ni]

泳帽
수영 모자
[su yong mo ja]

水平線／地平線
수평선／지평선
[su pyeong seon / ji pyeong seon]

泳褲
수영 팬츠
[su yeong paen cheu]

泳衣
수영복
[su yeong bok]

狗爬式
개헤엄
[gae he eom]

蛙式
평영
[pyeong yeong]

蝶式
접영
[jeo-byeong]

自由式
자유영
[ja yu yeong]

仰式
배영
[bae yeong]

港口
항구
[hang gu]

船
배／선박
[bae / seon bak]

乘船處
선착장
[seon chak-jjang]

海鷗
갈매기
[gal mae gi]

風浪板
윈드서핑
[win deu seo ping]

浮板運動
킥보딩
[kik-bbo ding]

水上活動
수상활동
[su sang hwal-ddong]

滑水
수상스키
[su sang seu ki]

浮潛
스노클링
[seu no keul ring]

水上摩托車
제트스키
[je teu seu ki]

潛水
스쿠버다이빙／잠수
[seu ku beo da i bing / jam su]

沙灘排球
비치볼
[bi chi bol]

衝浪
파도타기／서핑
[pa do ta gi / seo ping]

123

봄 나들이
[bom na deu-ri]

春遊

賞花
꽃구경／꽃놀이
[kkot-kku gyeong / kkon-no-ri]

春天的花朵
봄꽃
[bom kkot]

賞花步道
꽃길
[kkot-kkil]

山茱萸花
산수유꽃
[san su yu kkot]

杜鵑花
진달래꽃
[jin dal rae kkot]

迎春花
개나리
[gae na ri]

梅花
매화
[mae hwa]

櫻花
벚꽃
[beot kkot]

櫻花樹
벚나무
[beon-na mu]

花雨
꽃비
[kkot-ppi]

走在賞花步道上，花瓣如
雨般飄落的美麗景象。

首爾大公園
서울대공원
[seo ul dae gong won]

首爾市近郊的賞櫻景點。

濟州櫻花祭
제주 왕벚꽃축제
[je ju wang beot-kkot chuk-jje]

在韓國各個賞櫻景點當中，濟州是櫻花最早
綻放的地方。

漢江汝矣島櫻花祭
한강 여의도 봄꽃축제
[han gang yo i do bom kkot chuk-jje]

每年4月中左右舉辦，在夜晚賞櫻更有一番
風情，晚上還會施放煙火，是很多情侶約會
的好去處。

鎮海軍港節
진해군항제
[ji-nae gun hang je]

原是為了追懷李舜臣將軍的祭祀活動，後來
結合藝文活動及當地盛開的美麗櫻花，發展
為現今的文化藝術慶典。

草地
잔디밭
[jan di bat]

野餐
피크닉
[pi keu nik]

피서

[pi seo]

避暑

消暑
더위를 식히다
[deo wi reul si-ki da]

去避暑
피서를 가다／더위를 피하다
[pi seo reul ga da / deo wi reul pi ha da]

怕熱
더위를 타다
[deo wi reul ta da]

中暑
더위를 먹다
[deo wi reul meok-tta]

三伏
삼복
[sam bok]

不同於我們「冬令進補」的觀念，韓國人認為「冬病夏治」，夏天是最好的進補季節，因此會在三伏天──初伏（초복 [cho bok]）、中伏（중복 [jung bonk]）、末伏（말복 [mal bok]）時吃蔘雞湯或補身湯等。

江原道
강원도
[gang won do]

江原道束草市（속초시 [sok cho si]）因緊臨雪嶽山且同時擁有海岸線、溫泉等觀光資源，成為韓國人避暑聖地之一。

梧桐島
오동도
[o dong do]

梧桐島位於全羅南道的麗水（여수 [yeo su]），即使在夏季氣溫也舒適宜人。

天地淵瀑布
천지연 폭포
[cheon ji yeon pok po]

濟州島的避暑地。

海雲台
해운대
[hae un dae]

暑假
여름 방학
[yeo reum bang hak]

溜冰場
스케이트장
[seu ke i teu jang]

游泳池
수영장
[su yeong jang]

水上樂園
워터 파크
[wo teo pa keu]

露營
캠핑
[kaem ping]

夏季休假
여름 휴가
[yeo reum hyu ga]

除了學生們的暑假外，韓國上班族也有「夏季休假」的法定假期。較有規模的韓國公司，在7月底至8月可讓職員輪流休假前往避暑，包含週末大約可休一週。

度假韓國

단풍 구경／단풍놀이

[dan pung gu gyeong / dan pung no-ri]

賞楓

健行
도보여행하다
[do bo yeo haeng ha da]

自然景觀
자연경관
[ja yeon gyeong gwan]

觀光勝地
관광 명소
[gwan gwang myeong so]

智異山
지리산
[ji ri san]

北漢山
북한산
[bu-kan san]

漢拏山
한라산
[hal-ra san]

內藏山
내장산
[nae jang san]

銀杏
은행
[eu-naeng]

菊花
국화
[gu-kwa]

雪嶽山
설악산
[seo-rak-ssan]

雪嶽山是韓國最早楓葉開始轉紅的地方。不只有壯麗的楓葉美景，雪嶽山的奇岩絕壁、溪谷瀑布也吸引了許多觀光客前來旅遊。

楓樹
단풍나무
[dan pung na mu]

楓葉
단풍잎
[dan pung-nip]

楓葉轉紅
단풍(이) 들다
[dan pung (i) deul da]

스키
[seu ki]

滑雪

滑雪道
슬로프
[seul ro peu]

滑雪課程
스키레슨
[seu gi re seun]

纜車券
리프트권
[ri peu teu gwon]

滑雪場
스키장
[seu ki jang]

龍平滑雪渡假村
용평 리조트 스키장
[yong pyeong ri jo teu seu ki jang]

Elysian江村滑雪場
엘리시안 강촌 스키장
[el ri si an gang chon seu ki jang]

茂朱渡假村滑雪場
무주 리조트 스키장
[mu ju ri jo teu seu ki jang]

室內滑雪場
실내스키장
[sil-rae seu ki jang]

入場券
입장권
[ip-jjang-kkwon]

這裡是初學者所使用的滑雪道嗎？
여기가 초보자용 슬로프인가요?
[yo gi ga cho bo ja yong seul ro peu in ga yo]

初學者
초보자
[cho bo ja]

中級者
중급자
[jung geup-jja]

高手
상급자
[sang geup-jja]

請問租借裝備的地方在哪裡？
스키 장비 대여하는 곳이 어디예요?
[seu ki jang bi dae yeo ha neun go-si eo di ye yo]

滑雪裝備
스키 장비
[seu ki jang bi]

滑雪手套
스키 장갑
[seu ki jang gap]

滑雪板
스노보드
[seu no bo deu]

防寒帽
방한 모자
[bang han mo ja]

耳罩
귀마개
[kwi ma gae]

雪鞋
스키 부츠
[seu ki bu cheu]

租借裝備
장비 렌탈
[jang bi ren tal]

滑雪服
스키복
[seu ki bok]

護目鏡
고글
[go geul]

護膝
무릎 보호대
[mu reup bo ho dae]

雪杖
스키폴
[seu ki pol]

租金
렌탈 요금
[ren tal yo geum]

127

度假韓國

찜질방
[jjim jil bang]

蒸氣房

冰房
아이스방
[a i seu bang]

三溫暖
사우나
[sa u na]

浴池
목욕탕
[mo-gyok tang]

置物櫃
사물함
[sa mul ham]

更衣室
탈의실
[ta-ri sil]

24小時營業
24시간 영업
[seu mul ne si gan yong eop]

汗蒸幕
한증막
[han jeung mak]

汗蒸幕是蒸氣房設施中超高溫熱烤窯室
的名稱，但現在多數汗蒸幕都是用電熱
加熱，而不是傳統的窯烤加熱，在前往
蒸氣房之前要先調查清楚哦！

搓澡
때밀이
[ttae mi-ri]

搓澡巾
때밀이 수건
[ttae mi-ri su geon]

請輕輕地搓。
살살 밀어 주세요.
[sal sal mi-reo ju se yo]

請問費用是多少呢?
이용 요금이 얼마예요?
[i yong yo geu-mi eol ma ye yo]

大眾休息室
휴게실
[hyu ge sil]

睡眠室
수면실
[su myeon sil]

汗蒸幕衣
찜질복
[jjim jil bok]

雞蛋
계란
[gye ran]

在蒸氣房會發現每個韓國人
一定都會吃水煮蛋跟糯米甜
湯，也入境隨俗嘗嘗吧！

128

休閒設施
레저 시설
[re jeo si seol]

餐廳
식당
[sik-ttang]

販賣部
매점
[mae jeom]

電影室
영화실
[yeong hwa sil]

上網室
PC방
[PC bang]

健身房
헬스 클럽
[hel seu keul reop]

保齡球場
볼링장
[bol ring jang]

娛樂室
오락실
[o rak-ssil]

油壓
오일 마사지
[o il ma sa ji]

全身按摩
전신 마사지
[jeon sin ma sa ji]

臉部按摩
얼굴 마사지
[eol gul ma sa ji]

芳香精油按摩
아로마 마사지
[a ro ma ma sa ji]

노래방／가라오케
[no rae bang / ga ra o ke]

KTV

麥克風
마이크
[ma i keu]

鈴鼓
탬버린
[taem beo rin]

遙控器
리모컨
[ri mo keon]

水果拼盤
과일 모듬
[gwa il mo deum]

飲料
음료수
[eum-nyo su]

韓國KTV通常會販賣可樂、汽水、果汁等飲料，但是沒有賣酒哦！

歌詞本
가사집
[ga sa jip]

唱歌
노래하다
[no rae ha da]

人氣歌曲 **인기곡** [in gi gok]	旋律 **멜로디** [mel ro di]	取消點歌 **예약 취소** [ye yak chwi so]	取消伴唱 **육성 제거** [yuk-sseong je geo]
人氣排行榜 **인기차트** [in gi cha teu]	拍子 **박자／템포** [bak-jja / tem po]	插播 **우선예약** [u seon ye yak]	回聲 **에코** [e ko]
拿手歌 **애창곡** [ae chang gok]	KEY **음정** [eum jeong]	音量 **음량／볼륨** [eum-nyang / bol ryum]	評分 **평점** [pyeong jeom]
新歌 **신곡** [sin gok]	點歌 **노래를 예약하다** [no rae reul ye ya-ka da]	喇叭 **스피커** [seu pi keo]	取消評分 **점수 제거** [jeom-ssu je geo]
歌單 **노래 메뉴** [no rae me nyu]	確認點歌 **예약 확인** [ye yak hwa-gin]	伴奏音 **반주음** [ban ju eum]	選擇影片 **영상 선택** [yeong sang seon taek]

밤놀이／밤생활
[bam no-ri / bam saeng hwal]

夜生活

酒吧
술집／바
[sul jip / ba]

Lounge Bar
라운지 바
[ra un ji ba]

運動酒吧
스포츠 바
[seu po cheu ba]

音樂酒吧
뮤직 바
[myu jik ba]

調酒師
바텐더
[ba ten deo]

琴酒
진
[jin]

伏特加
보드카
[bo deu ka]

調酒
칵테일
[kak te il]

威士忌
위스키
[wi seu ki]

一口喝光
원샷
[won syat]

龍舌蘭
테킬라
[de kil ra]

乾杯
건배
[geon bae]

無酒精氣泡飲料
탄산음료／사이다
[tan san eum-nyo / sa i da]

夜店
나이트 클럽
[na i teu keul reop]

跳舞
춤추다
[chum chu da]

電子舞曲
전자 댄스 음악
[jeon ja daen seu eu-mak]

DJ台
DJ 부스
[DJ bu seu]

鏡球
미러 볼
[mi reo bol]

雷射光
레이저
[re i jeo]

入場費
입장료
[ip-jjang-nyo]

小費
팁
[tip]

服裝規定
복장 규정
[bok-jjang gyu jeong]
某些地區的夜店會有服裝規定。

維安人員
경호원
[gyeong ho won]

年齡限制
나이 제한
[na i je han]
韓國法律規定，夜店必須滿19歲才能進入。

131

度假韓國

유원지
[yu won ji]

遊樂園

主題樂園
테마파크
[te ma pa keu]

愛寶樂園
에버랜드
[e beo raen deu]

樂天世界
롯데월드
[rot-tte wol deu]

海洋公園
해양공원
[hae yang gong won]

入場券
입장권
[ip-jjang-kkwon]
僅為入場費，不能玩遊樂設施。

自由使用券
자유이용권
[ja yu i yong-kkwon]
所有的遊樂設施都可以玩。

一日券
1일권
[i-ril-kkwon]
若是在下午或是晚上入場，票價
會更便宜哦！

入口
입구
[ip-kku]

出口
출구
[chul gu]

遊樂設施
게임시설
[ge im si seol]

遊戲場
게임장
[ge im jang]

賽車
고카트
[go ka teu]

碰碰車
범퍼카
[beom peo ka]

摩天輪
관람차
[gwal-ram cha]

劇場
극장
[geuk-jjang]

旋轉木馬
회전목마
[hoe jeon mong-ma]

海盜船
해적선
[hae jeok-sseon]

鬼屋
고스트 하우스
[go seu teu ha u seu]

雲霄飛車
롤러코스터
[rol reo ko seu teo]

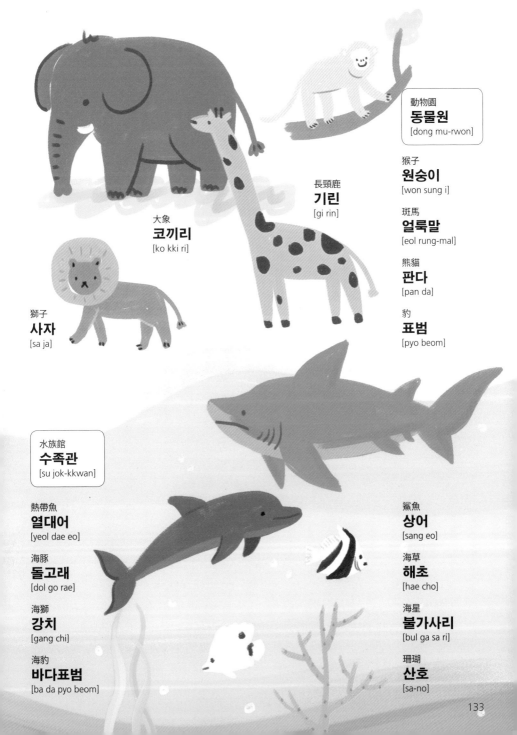

動物園
동물원
[dong mu-rwon]

猴子
원숭이
[won sung i]

斑馬
얼룩말
[eol rung-mal]

熊貓
판다
[pan da]

豹
표범
[pyo beom]

長頸鹿
기린
[gi rin]

大象
코끼리
[ko kki ri]

獅子
사자
[sa ja]

水族館
수족관
[su jok-kkwan]

熱帶魚
열대어
[yeol dae eo]

海豚
돌고래
[dol go rae]

海獅
강치
[gang chi]

海豹
바다표범
[ba da pyo beom]

鯊魚
상어
[sang eo]

海草
해초
[hae cho]

海星
불가사리
[bul ga sa ri]

珊瑚
산호
[sa-no]

133

- **공항버스／택시 타는 곳이 어디에 있어요?**
  [gong hang beo seu / taek-ssi ta neun go-si eo di e i-sseo yo]
  請問在哪裡搭乘機場巴士／計程車？

- **명동역까지 얼마예요?**
  [myeong dong yeok kka ji eol ma ye yo]
  請問到明洞站要多少錢？

- **광화문까지 걸어갈 수 있어요?**
  [gwang hwa mun kka ji geo-reo gal su i-sseo yo]
  請問用走的能到光化門嗎？

- **걸어서／지하철로／택시로／버스로 가려면 시간이 얼마나 걸려요?**
  [geo-reo seo / ji ha cheol ro / taek-ssi ro / beo seu ro ga ryeo myeon si ga-ni eol ma na geol ryeo yo]
  請問走路／坐地鐵／坐計程車／坐公車過去要多少時間？

- **이대에 가려면 어디서 내려요?**
  [i dae e ga ryeo myeon eo di seo nae ryeo yo]
  請問去梨大要在哪裡下車？

- **서울역에 가려면 몇 호선／몇 번 버스 타면 돼요?**
  [seo u-ryeo-ge ga ryeo myeon myeo-to seon / myeot ppeon beo seu ta myeon dwae yo]
  去首爾站要搭幾號線／幾號巴士？

- **이 열차는 부산역에 내려요?**
  [i yeol cha neun bu sa-nyeo-ge nea ryeo yo]
  請問這輛列車有停釜山站嗎？

- **김포공항까지 가 주세요.**
  [gim po gong hang kka ji ga ju se yo]
  （坐計程車時）請載我到金浦機場。

- **여기서／저기서／저 사거리에서 내려 주세요.**
  [yeo gi seo / jeo gi seo / jeo sa geo ri e seo nae ryeo ju se yo]
  （坐計程車時）請讓我在這裡／那裡／那個十字路口下車。

- **영수증 주세요.**
  [yeong su jeung ju se yo]
  請給我收據。

- **중국어 할 줄 아는 사람이 있어요?**
  [jung gu-geo hal jju ra neun sa ra-mi i-sseo yo]
  請問有會說中文的人嗎？

- **인터넷으로 예약했는데 체크인 좀 부탁합니다.**
  [in teo ne-seu ro ye ya-kaen-neun de che keu in jom bu ta-kam ni da]
  我是用網路訂房的，現在要Check in。

> **짐을 좀 맡겨도 괜찮아요?**
> [ji-meul jom mat-kkeo do gwaen cha-na yo]
> 可以寄放一下行李嗎？

- **이 근처에 편의점／화장실／정류장 있어요?**
  [i geun cheo e pyeo-ni jeom / hwa jang sil / jeong nyu jang i-sseo yo]
  請問這附近有便利商店／洗手間／公車站牌嗎？

- **택시를 좀 불러 주시겠어요?**
  [taek-ssi reul jom bul-reo ju si ge-sseo yo]
  可以幫我叫計程車嗎？

- **잘했어요!**
  [ja-rae-sseo yo]
  做得好！

- **정말 대단하네요!**
  [jeong mal dae dan ha ne yo]
  真是了不起！

- **정말 부러워요.**
  [jeong mal bu reo wo yo]
  真羨慕你。

- **그 치마가 정말 잘 어울리네요.**
  [geu chi ma ga jeong mal jal eo ul ri ne yo]
  那件裙子真適合妳。

- **정말 멋있／예쁘／귀엽네요!**
  [jeong mal meo-sin / ye ppeu / gwi yeom-ne yo]
  真是帥氣／漂亮／可愛！

너무 잘 부르네요!
[neo mu jal bu reu ne yo]
唱得真是太好了！

- **모두 잘 될 거예요.**
  [mo du jal doel ggeo ye yo]
  一切都會變好的。

- **정신 차려요.**
  [jeong sin cha ryeo yo]
  打起精神來！

- **난 당신 편이에요.**
  [nan dang sin pyeo-ni e yo]
  我站在你這邊。

- **난 당신을 믿어요.**
  [nan dang xin eul mi-deo yo]
  我相信你。

- **다시 생각할 필요가 없어요.**
  [da si saeng ga-kal pi-ryo ga eop-sseo yo]
  不需要再想了。

그렇게 걱정할 일이 아니에요.
[geu reo-ke geok-jjeong hal i-ri a ni e yo]
沒什麼好擔心的。

Part 7

生活韓國
한국 생활

生活中不可缺少的字詞，
加上實用的例句，
你也能成為韓語達人！

生活韓國

숫자
[sut jja]

數字

漢字數字
한자 숫자
[han ja sut-jja]

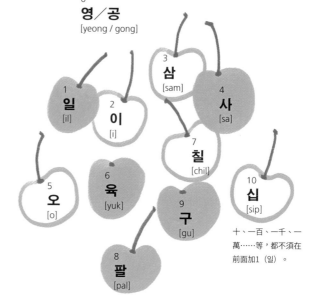

0
영／공
[yeong / gong]

3
삼
[sam]

1
일
[il]

2
이
[i]

4
사
[sa]

7
칠
[chil]

5
오
[o]

6
육
[yuk]

9
구
[gu]

10
십
[sip]

8
팔
[pal]

十、一百、一千、一萬……等，都不須在前面加1（일）。

11
십일
[si-bil]

12＝십이 [si-bi]，以此類推。

20
이십
[i sip]

30＝삼십 [sam sip]，以此類推。

100
백
[baek]

103＝백삼 [bae sam]、415＝사백십오 [sa bae sip o]，以此類推。

1000
천
[cheon]

2349＝이천삼백사십구 [i cheon sam baek sa sip kku]，以此類推。

1萬
만
[man]

10萬
십만
[sim-man]

100萬
백만
[baeng-man]

1000萬
천만
[cheon-man]

億
억
[eok]

0.5
영점오
[yong-jjeo-mo]

小數點＝점 [jeom]，例如：3.6＝삼점육 [sam jjeo-myuk]，以此類推。

3分之1
삼분의 일
[sam bu-ne il]

4分之3＝사분의삼 [sa bu-ne sam]，以此類推。

※漢字數字會用於：
~年 （년 [nyeon]）
~月 （월 [wol]）
~日 （일 [il]）
~分 （분 [bun]）
~秒 （초 [cho]）
~號 （번 [beon]）
~人份 （～인분 [~in bun]）
~元 （원 [won]）
~倍 （배 [bae]）
~% （퍼센트 [peo sen teu]）

1加1等於多少呢？
1 더하기 1은?
[il deo ha gi i-reun]

2減2等於多少呢？
2 빼기 2는?
[i ppae gi i neun]

※請注意韓文2和中文1的發音均一樣是[i]，可別弄錯囉~

138

1／1個
하나／한 개
[ha na / han gae]

斜線後面的字，用於後面接量詞時。

2／2個
둘／두 개
[dul / du gae]

3／3個
셋／세 개
[set / se gae]

4／4個
넷／네 개
[net / ne gae]

5／5個
다섯／다섯 개
[da seot / da seot-kkae]

6／6個
여섯／여섯 개
[yeo seot / yeo seot-kkae]

7／7個
일곱／일곱 개
[il kop / il kop-kkae]

8／8個
여덟／여덟 개
[yeo deol / yeo deol gae]

9／9個
아홉／아홉 개
[a hop / a hop-kkae]

10／10個
열／열 개
[yeol / yeol gae]

11／11個
열하나／열한 개
[yeol ha na / yeo-ran gae]

20／20個
스물／스무 개
[seu mul / seu mu gae]

30／30個
서른／서른 개
[seo reun / seo reun gae]

40／40個
마흔／마흔 개
[ma heun / ma heun gae]

50／50個
쉰／쉰 개
[swin / swin gae]

60／60個
예순／예순 개
[ye sun / ye sun gae]

70／70個
일흔／일흔 개
[i-reun / i-reun gae]

80／80個
여든／여든 개
[yeo deun / yeo deun gae]

90／90個
아흔／아흔 개
[a heun / a heun gae]

※韓文數字用於：

~歲 （살 [sal]）
~點 （시 [si]）
~個 （개 [gae]）
~次 （번 [beon]）
~位 （명／분 [myeong / bun]）
~隻 （마리 [ma ri]）
~張 （장 [jang]）
~杯 （잔／컵 [jan / keop]）

您今年幾歲?
나이가 어떻게 되세요?
[na i ga oe tteo-ke doe se yo]

25歲。
스물다섯살이에요.
[seu mul da seot-ssa-ri e yo]

加
더하기
[deo ha gi]

減
빼기
[ppae gi]

乘
곱하기
[go-pa gi]

除
나누기
[na nu gi]

生活韓國
시간
[si gan]

時間

年	日	1點	6點
년	**일**	**한 시**	**여섯 시**
[nyeon]	[il]	[han si]	[yeo seot-ssi]
月	時	2點	7點
월	**시**	**두 시**	**일곱 시**
[wol]	[si]	[du si]	[il gop-ssi]
週	分	3點	8點
주	**분**	**세 시**	**여덟 시**
[ju]	[bun]	[se si]	[yeo deol-ssi]
	秒	4點	9點
	초	**네 시**	**아홉 시**
	[cho]	[ne si]	[a hop-ssi]
		5點	10點
		다섯 시	**열 시**
		[da seot-ssi]	[yeol-ssi]
			11點
			열한 시
			[yeo-ran si]
			12點
			열두 시
			[yeol du si]

清晨
새벽
[sae byeok]

早上	下午
아침	**오후**
[a chim]	[o hu]
上午	傍晚
오전	**저녁**
[o jeon]	[jeo nyeok]
中午	晚上
점심	**밤 / 야간**
[jeom sim]	[bam / ya gan]
白天	凌晨
낮	**새벽**
[nat]	[sae byeok]

1點半	1分		4分	8分	20分
한 시 반 [han sin ban]	**일 분** [il bun]		**사 분** [sa bun]	**팔 분** [pal bun]	**이십 분** [i sip-ppun]
1小時	2分		5分	9分	30分
한 시간 [han si gan]	**이 분** [i bun]		**오 분** [o bun]	**구 분** [gu bun]	**삼십 분** [sam sip-ppun]
幾點	3分		6分	10分	1分鐘
몇 시 [myeot-ssi]	**삼 분** [sam bun]		**육 분** [yuk-ppun]	**십 분** [sip-ppun]	**일분간** [il bun gan]
			7分	15分	幾分
			칠 분 [chil bun]	**십오 분** [si-bo bun]	**몇 분** [myeot-ppun]
					幾秒
					몇 초 [myeot cho]

生活韓國

날씨 · 계절
[nal-ssi] [gye jeol]

天氣、季節

風
바람
[ba ram]

龍捲風
토네이도
[to ne i do]

颱風
바람(이) 불다
[ba ra-m (i) bul da]

高氣壓
고기압
[go gi ap]

颱風
태풍
[tae pung]

低氣壓
저기압
[jeo gi ap]

雨
비
[bi]

下雨
비가 내리다／비가 오다
[bi ga nae ri da / bi ga o da]

毛毛雨
이슬비
[i seul bi]

大雨
큰비／폭우
[keun bi / po-gu]

雷陣雨
소나기
[so na gi]

梅雨
장마
[jang ma]

雷
천둥
[cheon dung]

閃電
번개
[beon gae]

天空變得有點陰。
좀 흐려요.
[jom heu ryeo yo]

雪
눈
[nun]

積雪
눈이 쌓이다
[nu-ni ssa-i da]

下雪
눈이 내리다／눈이 오다
[nu-ni nae ri da / nu-ni o da]

雲
구름
[gu reum]

藍天白雲
파란 하늘 하얀 구름
[pa ran ha neul ha yan gu reum]

烏雲密布
먹구름이 짙게 깔리다
[meok-kku reu-mi jit-kke kkal ri da]

霧
안개
[an gae]

起霧
안개가 끼다
[an gae ga kki da]

霧氣
안개
[an-gae]

四季
사계
[sa gye]

春夏秋冬
춘하추동
[chu-na chu dong]

春
봄
[bom]

夏
여름
[yeo reum]

秋
가을
[ga eul]

冬
겨울
[gyeo ul]

生活韓國

월 · 날짜
[wol] [nal-jja]

月份、日期

日曆
달력
[dal-ryeok]

陽曆
양력
[yang-nyeok]

陰曆
음력
[eum-nyeok]

1月
일월
[i-rwol]

2月
이월
[i wol]

3月
삼월
[sa-mwol]

4月
사월
[sa wol]

5月
오월
[o wol]

6月
유월
[yu wol]

6原本為육 [yuk]，
但這裡省略了尾音
而寫為유 [yu]。

7月
칠월
[chi-rwol]

8月
팔월
[pa-rwol]

9月
구월
[gu wol]

10月
시월
[si wol]

10原本為십 [sip]，
但這裡省略了尾音
而寫為시 [si]。

11月
십일월
[si-bi-rwol]

12月
십이월
[si-bi wol]

在月初
월초에
[wol cho e]

在月中
월중에
[wol jung e]

韓文的月中並不是指這
個月中旬，而是指這個
月期間，例如 8 月中就
是指在 8 月期間。

在月底
월말에
[wol ma-re]

1號
일일
[i-ril]

2號
이일
[i il]

3號
삼일
[sa-mil]

10號
십일
[si-bil]

11號
십일일
[si-bi-ril]

20號
이십일
[i si-bil]

30號
삼십일
[sam si-bil]

前天 **그저께** [geu jeo kke]	星期一 **월요일** [wo-ryo il]	星期六 **토요일** [to yo il]	
昨天 **어제** [eo je]	星期二 **화요일** [hwa yo il]	星期日 **일요일** [i-ryo il]	
今天 **오늘** [o neul]	星期三 **수요일** [su yo il]	平日 **평일** [pyeong il]	上星期 **지난 주** [ji nan ju]
明天 **내일** [nae il]	星期四 **목요일** [mo-gyo il]	週末 **주말** [ju mal]	這星期 **이번 주／금주** [i beon ju / geum ju]	在一個星期前 **일주일 전에** [il-jju il jeo-ne]
後天 **모레** [mo re]	星期五 **금요일** [geu-myo il]	休假日 **휴일** [hyu il]	下星期 **다음 주／내주** [da eum-jju / nae ju]	在一個星期後 **일주일 후에** [il-jju il hu e]

生活韓國

인터넷
[in teo net]

網路

部落格
블로그
[beul ro geu]

版主
홈페이지 게시판 관리자
[hom pe i ji ge si pan gwal-ri ja]

網站
웹사이트
[wep sa i teu]

搜尋引擎
검색 엔진
[geom saek en jin]

搜尋
검색
[geom saek]

瀏覽
조회
[jo hoe]

網頁
웹페이지
[wep pe i ji]

首頁
첫페이지
[cheot pe i ji]

末頁
끝페이지
[kkeut pe i ji]

連結
링크
[ring keu]

官方網站
공식 홈페이지
[gong sik hom pe i ji]

入口網站
포털사이트
[po teol sa i teu]

留言板
게시판
[ge si pan]

推薦
추천
[chu cheon]

主題
제목
[je mok]

硬體
하드웨어
[ha deu we eo]

平板電腦
태블릿
[tae beul rit]

滑鼠
마우스
[ma u seu]

鍵盤
키보드
[ki bo deu]

NAVER
네이버
[ne i beo]

NAVER是韓國最
大的入口網站。

Daum
다음
[da eum]

Daum是韓國第二
大入口網站。

桌上型電腦
퍼스널 컴퓨터
[peo seu neol keom pyu teo]

筆記型電腦
노트북 컴퓨터
[no teu buk keom pyu teo]

智慧型手機
휴대폰／핸드폰
[hyu dae pon / haen deu pon]

社群網路
소셜 네트워크
[so syeol ne teu weo keu]

Facebook
페이스북
[pe i seu buk]

想在Facebook上按「讚」
嗎？點擊좋아요 [jo-a yo]
就對囉！

Instagram
인스타그램
[in seu ta geu raem]

Twitter
트위터
[teu wi teo]

推文
댓글
[daet-kkeul]

加入會員
회원가입
[hoe won ga ip]

使用者
사용자／이용자
[sa yong ja / i yong ja]

發文者
글쓴이
[geul sseu-ni]

匿名
익명
[ing-myeong]

截圖
캡쳐
[kaep chyeo]

網紅
인터넷 스타
[in teo net seu ta]

粉絲專頁
팬 페이지
[paen pe i ji]

業配／置入性廣告
간접 광고
[gan jeop gwang go]

YouTube
유튜브
[yu tyu beu]

上傳
업로드
[eop ro deu]

下載
다운로드
[da un ro deu]

訂閱
구독
[gu dok]

追蹤
팔로우
[pal ro u]

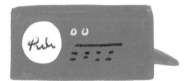

EMAIL
이메일
[i me il]

網路用語
인터넷 용어
[in teo net yong eo]

像台灣通常會以XD表示好笑、T_T表示難過，
韓國則是會重複寫子音ㅋ來代表好笑的意思，
因為ㅋ的發音為k（類似注音ㄎ），近似於笑
聲。而難過會以母音ㅠ來表現，通常會重複寫
兩個以上（ㅠㅠ），是因為形狀近似哭臉。所
以下次看到ㅋㅋㅋㅋㅋㅋ或是ㅠㅠㅠㅠㅠㅠ，就
能知道網友們發言的心情囉！

登入／登出
로그인／로그아웃
[ro geu in / ro geu a ut]

帳號
아이디
[a i di]

密碼
비밀번호
[bi mil beo-no]

收件匣
받은 메일함
[ba-deun me i-ram]

寄件備份
보낸 메일
[bo naen me il]

垃圾信
스팸 메일
[seu paem me il]

生活韓國
취미
[chwi mi]

興趣

我喜歡逛街。
저는 쇼핑을 좋아해요.
[jeo neun syo ping eul jo-a hae yo]

你的興趣是什麼?
취미가 뭐예요?
[chwi mi ga mwo ye yo]

下黑白棋
바둑을 두다
[ba du-geul du da]

下象棋
장기를 두다
[jang gi reul du da]

旅行
여행하다
[yeo haeng ha da]

逛街
쇼핑하다
[syo ping ha da]

打電玩
비디오 게임을 하다
[bi di o ge i-meul ha da]

看電視
텔레비(전) 보다
[tel re bi (jeon) bo da]

畫畫
그림을 그리다
[geu ri-meul geu ri da]

上網
인터넷을 하다
[in teo ne-seul ha da]

看書
독서／책을 읽다
[dok-sseo / chae-geul ik-tta]

玩牌
카드 놀이를 하다
[ka deu no-ri reul ha da]

照相
사진을 찍다
[sa ji-neul jjik-tta]

下廚
요리하다
[yo ri ha da]

游泳
수영하다
[su yeong ha da]

唱歌
노래를 부르다
[no rae reul bu reu da]

看電影
영화 감상／영화를 보다
[yeong hwa gam sang / yeong hwa reul bo da]

聽音樂
음악 감상／음악을 듣다
[eu-mak gam sang / eu-ma-geul deut-tta]

健行
걷기 운동하다
[geot-kki un dong ha da]

登山
등산하다
[deung sa-na da]

散步
산책하다
[san chae-ka da]

慢跑
조깅하다
[jo ging ha da]

跑步
달리다
[dal ri da]

露營
야영하다／캠핑하다
[ya yeong ha da / kaem ping ha da]

釣魚
낚시하다
[nak-ssi ha da]

運動
운동하다
[un dong ha da]

騎腳踏車
자전거 타다
[ja jeon geo ta da]

打高爾夫
골프를 치다
[gol peu reul chi da]

打籃球
농구하다
[nong gu ha da]

打網球
테니스를 치다
[te ni seu-reul chi da]

踢足球
축구하다
[chuk-kku ha da]

打棒球
야구하다
[ya gu ha da]

生活韓國
직업
[ji-keop]

職業

科學家
과학자
[gwa hak-jja]

教師
교사 ／ 선생님
[gyo sa / seon saeng nim]

教授
교수
[kyo su]

學生
학생
[hak-ssaeng]

警察
경찰
[gyeong chal]

律師
변호사
[byeo-no sa]

軍人
군인
[gu-nin]

消防員
소방대원
[so bang dae won]

工程師
엔지니어
[en ji ni eo]

公務員
공무원
[gong mu won]

上班族
회사원
[hoe sa won]

政治家
정치가
[jeong chi ga]

秘書
비서
[bi seo]

社長
사장
[sa jang]

業務員
업무원
[eom-mu won]

編輯
편집자
[pyeon jip-jja]

作家
작가
[jak-kka]

記者
기자
[gi ja]

建築師
건축가
[geon chuk-kka]

工人
노동자
[no dong ja]

家庭主婦
가정주부
[ga jeong ju bu]

藝術家
예술가
[ye sul ga]

畫家
화가
[hwa ga]

設計師
디자이너
[di ja i neo]

製作人
프로듀서
[peu ro dyu seo]

歌手
가수
[ga su]

教練／導演
감독
[gam dok]

演員
배우
[bae u]

音樂家
음악가
[eu-mak-kka]

運動選手
운동선수
[un dong seon su]

廚師
요리사
[yo ri sa]

美髮師
미용사／헤어디자이너
[mi yong sa / he eo di ja i neo]

生活韓國

내 기분
[nae gi bun]

我的心情

正向情緒
긍정적 정서
[geung jeong jeok jeong seo]

高興
기쁘다
[gi ppeu da]

愉快
유쾌하다
[yu kwae ha da]

開心
즐겁다
[jeul geop-tta]

想念
그립다
[geu rip-tta]

興奮
흥분하다
[heung bu-na da]

幸福
행복하다
[haeng bo-ka da]

滿足
만족하다／흐뭇하다
[man jo-ka da / heu mu-ta da]

期待
기대하다
[gi dae ha da]

羨慕
부럽다
[bu reop-tta]

微笑
미소짓다
[mi so jit-tta]

很幸福！
너무 행복해요!
[neo mu haeng bo-kae yo]

現在心情如何？
지금 기분이 어때요?
[ji geum gi bu-ni eo ttae yo]

悲傷
슬프다
[seul peu da]

有壓力
스트레스 받다
[seu teu re seu bat-tta]

憤怒
분노하다
[bun no ha da]

緊張
긴장하다
[gin jang ha da]

擔心
걱정하다
[geok-jjeong ha da]

疲倦
피곤하다
[pi go-na da]

討厭
밉다／싫다
[mip-tta / sil-ta]

不安
불안하다
[bu-ra-na da]

害怕
두렵다／무섭다
[du ryeop-tta / mu seop-tta]

哽咽
흐느끼다
[heu neu kki da]

嫉妒
질투하다
[jil tu ha da]

委屈
억울하다
[eo-gu-ra da]

憂鬱
우울하다
[u u-ra da]

生氣
화나다
[hwa na da]

寂寞
외롭다／쓸쓸하다
[oe rop-tta / sseul sseu-ra da]

焦躁
안달하다
[an da-ra da]

煩惱
고민하다
[go mi-na da]

怨恨
원망하다
[won mang ha da]

害羞
수줍다／부끄럽다
[su jup-tta / bu kkeu reop-tta]

忐忑
두근거리다
[du geun geo ri da]

累嗎？
피곤해요?
[pi go-nae yo]

不累！
안 피곤해요!
[an pi go-nae yo]

煩悶
답답하다
[dap-tta-pa da]

不快
불쾌하다
[bul kwae ha da]

痛苦
괴롭다
[goe rop-dda]

精疲力盡
지치다
[ji chi da]

慌張
당황하다
[dang hwang ha da]

無聊
지루하다／심심하다
[ji ru ha da / sim si-ma da]

遺憾
섭섭하다
[seop-sseo-pa da]

生活韓國

내 성격
[nae seong-kkyeok]

我的個性

活潑外向
활발하다
[hwal ba-ra da]

樂觀
낙천적이다
[nak cheon jeo-gi da]

積極
적극적이다
[jeok-kkeuk-jjeo-gi da]

熱情
열정적이다
[yeol-jjeong jeo gi da]

溫和
온화하다
[o-nwa ha da]

謙虛
겸손하다
[gyeom so-na da]

有禮內向
얌전하다
[yam jeo-na da]

消極
소극적이다
[so geuk-jjeo-gi da]

誠實
솔직하다
[sol-jji-ka da]

有趣
재미있다
[jae mi it-tta]

不有趣
재미없다
[jae mi eop-tta]

安靜
조용하다
[jo yong ha da]

親切
친철하다
[chin jeo-rha da]

冷靜
냉정하다
[naeng jeong ha da]

輕率
경솔하다
[gyeong so-ra da]

固執
고집스럽다
[go jip-sseu reop-tta]

善良
착하다
[cha-ka da]

真摯
진지하다
[jin ji ha da]

單純
단순하다
[dan su-na da]

純真
순진하다
[sun ji-na da]

開朗
밝다／명랑하다
[bak-tta / myeong-nang ha da]

厚臉皮
뻔뻔스럽다
[ppeon ppeon seu reop-tta]

成熟
성숙하다
[seong su-ka da]

斯文
지적이다
[ji jeo-ki da]

幼稚
유치하다
[yu chi ha da]

내 모습
[nae mo seup]

我的外表

臉
얼굴
[eol gul]

顴骨
광대뼈
[gwang dae ppyeo]

腮幫子
뺨
[ppyam]

鬍子
수염
[su yeom]

眼睛
눈
[nun]

臉頰
볼
[bol]

嘴巴
입
[ip]

額頭
이마
[i ma]

眉毛
눈썹
[nun sseop]

睫毛
속눈썹
[song-nun sseop]

耳朵
귀
[gwi]

鼻子
코
[ko]

下巴
턱
[teok]

身材
몸매
[mom mae]

身高
키
[ki]

體重
몸무게
[mom mu ge]

高
키가 크다
[ki ga keu da]

矮
키가 작다
[ki ga jak-tta]

胖
뚱뚱하다
[ttung ttung ha da]

瘦
날씬하다
[nal ssi-na da]

變胖
살찌다
[sal jji da]

變瘦
살이 빠지다
[sa-ri ppa ji da]

帥
멋있다
[meo-sit-tta]

有男人味
남자답다
[nam ja dap-tta]

美人
미인
[mi in]

漂亮
예쁘다／아름답다
[ye ppeu da / a reum dap-tta]

可愛
귀엽다／사랑스럽다
[gwi yeop-tta / sa rang seu reop-tta]

出眾
훌륭하다
[hul-ryung ha da]

好看
잘생기다
[jal-ssaeng gi da]

不好看
못생기다
[mot-ssaeng gi da]

外貌出色的人
멋쟁이
[meot-jjaeng i]

不起眼
볼품없다
[bol pu-meop-tta]

155

生活韓國
신체 부위
[sin che bu wi]

身體部位

상체
[sang che]

手
손
[son]

手指
손가락
[son-kka rak]

指甲
손톱
[son top]

肩膀
어깨
[eo kkae]

背部
등
[deung]

下半身
하체
[ha che]

腿
다리
[da ri]

腳
발
[bal]

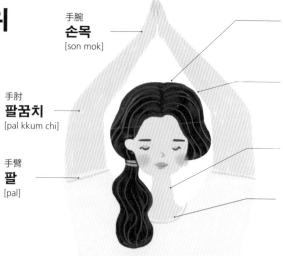

手腕
손목
[son mok]

手肘
팔꿈치
[pal kkum chi]

手臂
팔
[pal]

頭髮
머리카락
[meo ri ka rak]

頭
머리
[meo ri]

脖子
목
[mok]

鎖骨
쇄골
[soe gol]

胸部
가슴
[ga seum]

腹部
복부／배
[bok-ppu / bae]

腰部
허리
[heo ri]

臀部
엉덩이
[eong deong i]

大腿
허벅지
[heo beok-jji]

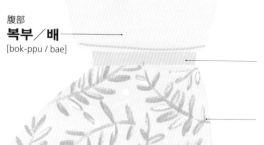

膝蓋
무릎
[mu reup]

小腿
종아리
[jong a ri]

腳踝
발목
[bal mok]

腳指
발가락
[bal-gga rak]

인체
[in che]

人體

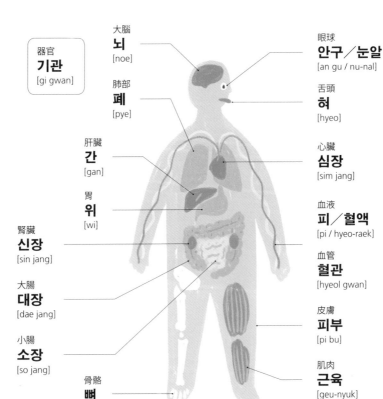

大腦
뇌
[noe]

眼球
안구／눈알
[an gu / nu-nal]

肺部
폐
[pye]

舌頭
혀
[hyeo]

肝臟
간
[gan]

心臟
심장
[sim jang]

胃
위
[wi]

血液
피／혈액
[pi / hyeo-raek]

腎臟
신장
[sin jang]

血管
혈관
[hyeol gwan]

大腸
대장
[dae jang]

皮膚
피부
[pi bu]

小腸
소장
[so jang]

肌肉
근육
[geu-nyuk]

骨骼
뼈
[ppyeo]

生理現象
생리 현상
[saeng-ni hyeon sang]

哭／流眼淚
울다／눈물을 흘리다
[ul da / nun mu-reul heul ri da]

流鼻水
콧물을 흘리다
[kon-mu-reul heul ri da]

笑
웃다
[ut-tta]

流口水
침을 흘리다
[chi-meul heul ri da]

打嗝
딸꾹질을 하다
[ttal kkuk-jji-reul ha da]

咳嗽
기침하다
[gi chi-ma da]

放屁
방귀를 뀌다
[bang gwi reul kkwi da]

發抖
떨다
[tteol da]

打噴嚏
재채기를 하다
[jae chae gi reul ha da]

流汗
땀을 흘리다
[tta-meul heul ri da]

起雞皮疙瘩
닭살이 돋다
[dak-ssa-ri dot-dda]

生活韓國

병원
[byeong won]

醫院

看病
진료 받기
[jil-ryo bat-kki]

醫生
의사
[ui sa]

護士
간호사
[ga-no sa]

患者
환자
[hwan ja]

護理室
간호실
[ga-no sil]

急診室
응급실
[eung geup-ssil]

掛號處
접수실
[jeop-ssu sil]

候診室
대기실
[dae gi sil]

診斷書
진단서
[jin dan seo]

處方箋
처방전
[cheo bang jeon]

救護車
구급차
[gu geup cha]

病歷
병력
[byeong-nyeok]

掛門診
진료 신청／접수
[jil-ryo sin cheong / jeop-ssu]

耳鼻喉科
이비인후과
[i bi i nu ggwa]

小兒科
소아과
[so a ggwa]

內科
내과
[nae ggwa]

外科
외과
[oe ggwa]

整形外科
성형외과
[seong hyeong oe ggwa]

神經外科
신경외과
[sin gyeong oe ggwa]

婦產科
산부인과
[san bu in ggwa]

眼科
안과
[an ggwa]

牙科
치과
[chi ggwa]

骨科
정형외과
[jeong hyeong oe ggwa]

住院
입원
[i-bwon]

手術室
수술실
[su sul sil]

手術
수술
[su sul]

加護病房
중환자실
[jung hwan ja sil]

點滴
링겔
[ring gel]

打針
주사
[ju sa]

病房
병실
[byeong sil]

探病
문병
[mun byeong]

症狀
증상
[jeung sang]

發燒
열이 나다
[yeo-ri na da]

鼻塞
코가 막히다
[ko ga ma-ki da]

過勞
과로하다
[gwa ro ha da]

貧血
빈혈
[bin hyeol]

牙痛
치통
[chi tong]

肌肉酸痛
근육통
[geu-nyuk tong]

生理痛
생리통
[saeng-ni tong]

便秘
변비
[byeon bi]

拉肚子
설사
[seol-ssa]

肚子痛
복통
[bok tong]

嘔吐
구토
[gu to]

上吐下瀉
구토 설사
[gu to seol-ssa]

食物中毒
식중독
[sik-jjung dok]

刺痛
쑤시다
[ssu si da]

癢
가렵다
[ga ryeop-tta]

蛀牙
충치
[chung chi]

骨折
골절
[gol-jjeol]

感冒
감기
[gam gi]

痛
아프다
[a peu da]

頭痛
두통
[du tong]

消化不良
**소화불량／
소화가 잘 안 되다**
[so hwa bul-ryang /
so hwa ga jal an doe da]

生活韓國
일상생활
[il-ssang saeng hwal]

生活起居

住宅區
주택단지
[ju taek dan ji]

大門
대문
[dae mun]

鞋櫃
신발장
[sin bal-jjang]

室內拖鞋
실내 슬리퍼
[sil-rea seul ri peo]

公寓式住宅
아파트
[a pa teu]
大多五層樓以上且具一定規模的社區，是韓國人買房的首選。

獨棟住宅
단독 주택
[dan dok ju taek]
有院子的平房，也包括舊式住宅。

住辦混合
오피스텔
[o pi seu tel]
商用與住宅混合，較少韓國家庭會選擇此類住處。

Villa
빌라
[bil ra]
意思是別墅，但在韓國一般指小面積、四層樓以下的住宅。

套房
원룸
[wol-rum]
包括衛浴設備和小廚房。

客廳
거실／응접실
[geo sil / eung jeop-ssil]

沙發
소파
[so pa]

遙控器
리모컨
[ri mo keon]

茶几
탁자
[tak-jja]

冷氣
에어컨
[e eo keon]

書櫃
책장
[chaek-jjang]

電風扇
선풍기
[seon pung gi]

音響
음향기기
[eum hyang gi gi]

電話
전화기
[jeo-nwa gi]

電視櫃
거실장
[geo sil-jjang]

答錄機
자동응답기
[ja dong eung dap-kki]

電視
텔레비전
[tel re bi jeon]

DVD播放機
디브이디플레이어
[di beu i di peul re i eo]

裝潢
인테리어
[in te ri eo]

時鐘
시계
[si gye]

垃圾桶
쓰레기통
[sseu re gi tong]

吸塵器
진공청소기
[jin gong cheong so gi]

牆壁
벽
[byeok]

天花板
천장
[cheon jang]

地板
마루
[ma ru]

磁磚
타일
[ta il]

窗戶
창문
[chang mun]

家具
가구
[ga gu]

枕頭
베개
[be gae]

抱枕
쿠션／죽부인
[ku syeon / juk-ppu in]
後者是竹製的夏日消暑抱枕。

梳妝台
화장대
[hwa jang dae]

鏡子
거울
[geo ul]

毯子
담요
[dam-nyo]

涼被
여름 이불
[yeo reum i bul]

盆栽
분재
[bun jae]

陽台
베란다
[be ran da]

臥室
침실
[chim sil]

落地窗
긴 창문
[gin chang mun]

窗簾
커튼
[keo teun]

擺飾
장식물
[jang sing-mul]

相框／畫框
액자
[aek-jja]

全家福照片
가족사진
[ga jok-ssa jin]

花瓶
꽃병
[kkot-ppyeong]

床頭櫃
침대 머릿장
[chim dae meo rit-jjang]

床
침대
[chim dae]

床墊
매트리스
[mae teu ri seu]

床單
침대 시트
[chim dae si teu]

床罩
침대 커버
[chim dae keo beo]

棉被
이불
[i bul]
指用來蓋的棉被，若是鋪在
地上的棉被則稱為요 [yo]。

衣櫃
장롱／옷장
[jang-nong / ot-jjang]

抽屜
서랍
[seo rap]

鬧鐘
**자명종／
알람시계**
[ja myeong jong /
al ram si gye]

地暖
난방
[nan bang]
傳統韓屋使用暖炕온돌
[on dol]，用廚房灶爐燒
柴產生熱氣，經過地板
下的管線使室內溫暖。
現代韓國住宅的地暖則
是在地板下埋設水管，
以熱水使地板溫暖。

電暖器
히터
[hi teo]

加溼器
가습기
[ga seup-ggi]
韓國氣候乾冷，所以家
家戶戶幾乎都有一台不
時噴出水氣的加溼器。

Part 7

廚房
주방／부엌
[ju bang / bu eok]

抽油煙機
레인지후드／환풍기
[re in ji hu deu / hwan pung gi]

水槽
싱크대
[sing keu dae]

收納櫃
수납장
[su nap-jjang]

烘碗機
식기건조기
[sik-kki geon jo gi]

碗櫃
찬장
[chan-jjang]

洗碗機
식기세척기
[sik-kki se cheok-kki]

流理台
주방조리대
[ju bang jo ri dae]

餐廚用具
주방 도구
[ju bang do gu]

廚房家電
주방 가전
[ju bang ga jeon]

圍裙
앞치마
[ap chi ma]

鍋鏟
뒤집개
[dwi jip-kkae]

冰箱
냉장고
[naeng jang go]

隔熱手套
오븐장갑
[o beun jang gap]

開罐器
깡통따개
[kkang tong tta gae]

電子鍋
전자밥솥
[jeon ja bap-ssot]

果汁機
믹서기
[mik-sseo gi]

砧板
도마
[do ma]

鋁箔紙
쿠킹호일
[ku king ho il]

菜瓜布
수세미
[su se mi]

瓦斯爐
가스레인지
[ga seu re in ji]

咖啡壺
커피포트
[keo pi po teu]

菜刀
식칼
[sik-kal]

保鮮膜
랩
[raep]

平底鍋
프라이팬
[peu ra i paen]

烤箱
오븐
[o beun]

微波爐
전자레인지
[jeon ja re in ji]

飯匙
주걱
[ju geok]

洗碗精
주방세제
[ju bang se je]

單柄鍋
싱글 핸들 팬
[sing geul haen deul paen]

烤麵包機
토스터기
[to seu teo gi]

電熱水瓶
전기주전자
[jeon gi ju jeon ja]

162

浴室
욕실
[yok-ssil]

洗臉台
세면대
[se myeon dae]

水龍頭
수도꼭지
[su do kkot-jji]

排水孔
배수구
[bae su gu]

馬桶
변기
[byeon gi]

水箱
수조
[su jo]

衛生紙
화장지／휴지
[hwa jang ji / hu ji]

面紙
(곽)티슈
[(gwak) ti syu]
(盒裝) 面紙。

蓮蓬頭
샤워기
[sya wo gi]

吹風機
헤어드라이어／드라이기
[he eo deu ra i eo / deu ra i gi]

浴簾
샤워 커튼
[sya wo keo teun]

浴缸
욕조
[yok-jjo]

浴巾
목욕 수건
[mo-gyok su geon]

浴帽
샤워캡
[sya wo kaep]

梳子
머리빗
[meo ri bit]

洗衣籃
빨래 바구니
[ppal rae ba gu ni]

浴室腳踏墊
욕실용 매트
[yok-ssi-ryong mae teu]

盥洗用品
세면도구
[se myeon do gu]

隱形眼鏡盒
렌즈 케이스
[ren jeu ke i seu]

牙刷
칫솔
[chit-ssol]

牙膏
치약
[chi yak]

洗面乳
폼클렌징
[pom keul ren jing]

肥皂
비누
[bi nu]

沐浴乳
바디워시／샤워젤
[ba di wo si / sya wo jel]

(電動) 刮鬍刀
(전기)면도기
[(jeon gi) myeon do gi]

洗髮精
샴푸
[syam pu]

潤髮乳
린스
[rin seu]

生理食鹽水
식염수
[si-gyeom su]

保存液
보존액
[bo jo-naek]

- **처음 뵙겠습니다.**
  [cheo eum boep-kket seum-ni da]
  初次見面。

잘 부탁드립니다.
[jal bu tak deu rim-ni da]
請多多指教。

만나서 반갑습니다！
[man na seo ban gap-sseum-ni da]
很高興認識你！

- **제 성은 '이'씨입니다.**
  [je seong eun i ssi im-ni da]
  我姓李。

- **제 이름은 이정우입니다.**
  [je i reu-meun i jeong u im-ni da]
  我的名字叫李靜羽。

- **저는 스물 두 살입니다.**
  [jeo neun seu mul du sa-rim-ni da]
  我今年22歲。（註:韓國報年紀習慣報虛歲）

- **제 취미는 등산입니다.**
  [je chwi mi neun deung sa-nim ni da]
  我的興趣是爬山。

- **저는 타이베이에서 태어났습니다.**
  [jeo neun ta i be i e seo tae eo nat-sseum-ni da]
  我出生於台北。

- **저는 삼청동 근처에 살고 있습니다.**
  [jeo neun sam cheong dong geun cheo e sal go it-sseum ni da]
  我目前住在三淸洞附近。

- **저는 이화 여자 대학교에 재학중입니다.**
  [jeo neun i hwa yeo ja dae hak-kkyo e jae hak-jjung im-ni da]
  我目前就讀梨花女子大學。

- **저는 건축학과를 다닙니다.**
  [jeo neun geon chu-kak-kkwa reul da nim-ni da]
  我念建築系。

저는 예문 산업에서 일합니다.
[jeo neun ye mun sa-neo-be seo i-ram-ni da]
我目前在藝文產業工作。

- **저는 삽화가／일러스트레이터입니다.**
  [jeo neun sa-pwa ga / il reo seu teu re i teo im-ni da]
  我是插畫家。

- **읽씹 （＝읽고 씹다）**
  [ik-ssip / yik-ggo ssip-tta]
  已讀不回

- **안 읽씹**
  [an ik-ssip]
  不讀不回

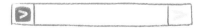

- **키보드 워리어**
  [ki bo deu wo ri eo]
  網路酸民

- **셀기꾼**
  [sel gi ggun/kkun]
  照騙 （自拍+騙子的新造語）

- **핑프／핑거 프린세스**
  [ping peu / ping geo peu rin se seu]
  伸手牌 （指不靠自己，凡事找人幫忙）

- **갑분싸**
  [gap-ppun ssa]
  氣氛忽然冷掉

- **혼술／혼밥**
  [hon sul / hon bap]
  獨自喝酒／獨自吃飯

- **모태솔로／모솔**
  [mo tae sol ro / mo sol]
  母胎單身 （指從出生起就一直單身）

- **세젤예**
  [se je-rye]
  世界最美

- **엄친아**
  [eom chi-na]
  媽朋兒（即「媽媽朋友的兒子」，意指長得好看又聰明、所有條件都很好的人）

- **알파걸**
  [al pa geol]
  Alpha Girl（指能力在許多男性之上的優秀女性）

- **헬조선**
  [hel jo seon]
  地獄朝鮮（韓國年輕人自嘲國家現況的用語）

- **사이다**
  [sa i da]
  原意為汽水，用以表達爽快、舒服的感受。

대박!
[dae bak]
太讚了／真厲害！

- **노잼／꿀잼／핵꿀잼 · 개꿀잼**
  [no jaem / kkul jaem / haek kkul jaem, gae kkul jaem]
  無趣／很有趣／非常有趣

國家圖書館出版品預行編目資料

看繪本學韓語 / 張育菁著；黃雅方繪圖. -- 二版. -- 臺北市：積木文化出
版：家庭傳媒城邦分公司發行, 2020.10
　面；　公分
ISBN 978-986-459-244-9(平裝)

1.韓語 2.讀本

803.28　　　109012854

VX0020X

看繪本學韓語（全新修訂版）

企 劃 編 輯／積木文化
撰　　　文／林謹瓊、張育菁
繪圖、排版／黃雅方
特 約 編 輯／張成慧
審訂、韓語發音／李抒映
中 文 發 音／徐昉驊

責 任 編 輯／徐昉驊
總 編 輯／王秀婷
版　　　權／徐昉驊
行 銷 業 務／黃明雪

發 行 人／涂玉雲
出　　　版／104台北市民生東路二段141號5樓
　　　　　　電話：(02) 2500-7696　傳真：(02) 2500-1953
　　　　　　官方部落格：http://cubepress.com.tw
　　　　　　讀者服務信箱：service_cube@hmg.com.tw
發　　　行／英屬蓋曼群島商家庭傳媒行股份有限公司城邦分公司
　　　　　　台北市民生東路二段141號11樓
　　　　　　讀者服務專線：(02)25007718-9　　24小時傳真專線：(02)25001990-1
　　　　　　服務時間：週一至週五上午09:30-12:00、下午13:30-17:00
　　　　　　郵撥：19863813　戶名：書虫股份有限公司
　　　　　　網站：城邦讀書花園　網址：www.cite.com.tw
香港發行所／城邦（香港）出版集團有限公司
　　　　　　香港灣仔駱克道193號東超商業中心1樓
　　　　　　電話：852-25086231　傳真：852-25789337
　　　　　　電子信箱：hkcite@biznetvigator.com
馬新發行所／城邦（馬新）出版集團
　　　　　　Cité (M) Sdn. Bhd. (458372U)
　　　　　　11, Jalan 30D/146, Desa Tasik, Sungai Besi,
　　　　　　57000 Kuala Lumpur, Malaysia.
　　　　　　電話：603-90563833　傳真：603-90562833

封 面 設 計／張倚禎
錄 音 協 力／禮讀錄音有限公司
製　　　版／上晴彩色印刷製版有限公司
印　　　刷／東海印刷事業股份有限公司

2012年1月12日　初版1刷
2023年4月11日　二版2刷

售價／399元
ISBN 978-986-459-244-9【紙本／電子書】

城邦讀書花園
www.cite.com.tw

中韓語發音 MP3 下載 & 線上聽

音檔內容包含單字句型，
其餘請參考音標練習。

【音檔下載】建議給電腦使用者下載收藏
http://www.cubepress.com.tw/download-perm/korean2/vocal.zip

【線上聆聽】建議給手機使用者線上聆聽
http://www.cubepress.com.tw/download-perm/korean2-online

旅遊生活
養生
食譜
收藏
品酒
語言學習
設計　育兒
手工藝

靜態閱讀，互動app，一書多讀好有趣！

CUBE PRESS Online Catalogue
積木文化・書目網

cubepress.com.tw/books

 積木生活實驗室